De houdgreep

Werk van Joost Zwagerman bij De Arbeiderspers:

De houdgreep (roman, 1986)
Langs de doofpot (poëzie, 1987)
Kroondomein (verhalen, 1987)
De ziekte van jij (poëzie, 1988)
Gimmick! (roman, 1989)
Vals licht (roman, 1991)
Collega's van God (essays, 1993)
De buitenvrouw (roman, 1994)
In het wild (essays, 1996)
Chaos en Rumoer (roman, 1997)
Het jongensmeisje (verhalen, 1998)
Pornotheek Arcadië (essays, 2000)
Landschap met klein vuil (columns, 2001)
Bekentenissen van de pseudomaan (poëzie, 2001)
Zes sterren (roman, 2002)
Het wilde westen (columns, 2003)
Het vijfde seizoen (essays, 2003)

Joost Zwagerman

De houdgreep

Roman

Uitgeverij De Arbeiderspers
Amsterdam · Antwerpen

Eerste druk (paperback) 1986
Tweede druk (Singel Pocket) juni 1992
Zesde druk (gebonden) 2003

Copyright © 1986 Joost Zwagerman

Niets uit deze uitgave mag worden verveelvoudigd en/of openbaar gemaakt, door middel van druk, fotokopie, microfilm of op welke andere wijze ook, zonder voorafgaande schriftelijke toestemming van BV Uitgeverij De Arbeiderspers, Herengracht 370-372, 1016 CH Amsterdam. *No part of this book may be reproduced in any form, by print, photoprint, microfilm or any other means, without written permission from BV Uitgeverij De Arbeiderspers, Herengracht 370-372, 1016 CH Amsterdam.*

Omslagontwerp: Studio Ron van Roon
Omslagillustratie: © Daan Habets (www.daanhabets.com),
Red skirt (4/4), c/o Beeldrecht 2003
Foto auteur: Thom Hoffman

ISBN 90 295 5864 4 / NUR 301
www.boekboek.nl
www.joostzwagerman.nl

Voor haar, voor Monique

Met metaforen kun je beter niet spelen.
Liefde kan geboren worden uit één enkele metafoor.

Milan Kundera *De ondraaglijke lichtheid van het bestaan*

Een

I

Het gezin Rafferty was niet echt vermogend maar had toch genoeg geld om een au pair in huis te nemen. Zij kwam uit Nederland en heette Adriënne. Meneer en mevrouw Rafferty vonden haar soms wat onhandig en verward. Twee welwillende maar onnozele Oostenrijkse meisjes waren haar voorgegaan, zodat de Rafferty's Adriënne's kleine tekortkomingen voor lief namen. In feite deed zij haar werk heel redelijk. Haar ijver en vooral haar oprechte genegenheid voor de dochtertjes Rafferty wogen ruimschoots op tegen dat kleine beetje verwarring en onhandigheid. Bovendien deelde Adriënne tot mevrouw Rafferty's vreugde twee van haar meest dierbare liefhebberijen: lezen en spelletjes doen. Getweeën babbelden ze vaak de hele avond over pas gelezen boeken en favoriete schrijvers of speelden ze giechelend een partijtje kaart of domino, terwijl de weekeinden werden gevuld met het tijdrovende en zenuwslopende oorlogsspel Risk. Adriënne hield zich voor dat haar verblijf in Londen wel degelijk aangenaam was. Mevrouw Rafferty zag zich voor enige tijd verlost van meneer Rafferty die niets moest hebben van literatuur en spelletjes. Meneer Rafferty was makelaar. Iedere avond zat hij mokkend voor de televisie, terwijl hij minuscule sigaartjes rookte die niet pasten bij zijn haast onbetamelijk groot gezicht.

's Nachts op haar zolderkamertje keek Adriënne vaak met gefronste wenkbrauwen naar de daken van al die andere riante woningen in Hampstead, en eens in de week stond ze zich toe geluidloos te huilen, want ze had heimwee. De eerste weken had ze het weldadige gevoel gehad heel Londen vanuit deze zolder te gaan veroveren. Door de juiste uitgaansgelegenheden te bezoeken had ze verwacht zonder veel moeite opgenomen te worden in een aanhoudende roes van vertier, maar al spoedig was gebleken dat alleen al het leggen van de allersimpelste contacten met een van die talloze innemende Londenaren gelijkstond met het belegeren van een onneembare vesting. Vier weekeinden lang zat ze zwijgend achter de peperdure rum-cola in een moderne, slecht bezochte discotheek, om vervolgens vlak voor sluitingstijd – en vroeg in de ochtend – dronken en afgepeigerd op zoek te gaan naar taxi of nachtbus. Ze had geen idee hoe lang ze die avondjes uit zou hebben volgehouden wanneer mevrouw Rafferty haar niet op een vrijdagavond had uitgenodigd voor een partijtje scrabble, 'a nice way to practise your English'. Spelletjes en 'literary chats' deden hun intrede en de geplande verovering werd mismoedig terzijde geschoven.

Vanaf die tijd bleef het uitgaan beperkt tot urenlange middagwandelingen door de stad en de tweewekelijkse ontmoetingsavond voor Nederlandse au pairs, in een suffige pub ergens in de buurt van Primrose Hill. Adriënne was tot de conclusie gekomen dat ze zich nooit thuis zou gaan voelen in Londen, de – tot dan toe – onbereikbare wervelingen in het centrum van de stad en de ondoorgrondelijke voorkomendheid van de meeste Londenaren ten spijt. Uit verveling sloot ze vriendschap met enkele van haar mede au pairs, met wie ze in feite weinig meer deed dan beduusd rondlopen in de warenhuizen Harrod's en Burberry's, pizza's eten in Soho – en ach, zelfs het volstrekt onnodig telefonisch uitwisselen van allerlei recepten vond zo nu en dan plaats.

In een onverwachte bui van generositeit bood meneer Rafferty haar op een zondagochtend aan een cursus te gaan volgen of lid te worden van een sportclub – de invulling van zijn voorstel liet hij geheel aan haar over. 'I don't care if you take classes in cookery or if you go wrestling,' had hij gebromd, zorgvuldig de inderhaast opgetrokken wenkbrauwen van zijn vrouw mijdend. De dag daarop stond Adriënne ingeschreven bij een geldverslindende hobbyclub, 'the first Hampstead Institute for Photography'. Haast alle cursisten waren vrouwen die van dezelfde leeftijd als mevrouw Rafferty leken te zijn, en de 'first-aid course' bestond uit het vrijblijvend fröbelen met zorgwekkend kostbare apparatuur onder begeleiding van verbitterde fanatici. Toen bleek dat Adriënne serieus van plan was iets te leren, liet haar cursusleider de geagiteerde middle-class huisvrouwen aan hun lot over. Hij bracht haar allerlei wetenswaardigheden bij over de, naar zijn mening, ondergewaardeerde maar onuitputtelijke kunst van het fotograferen. Adriënne hoorde haar leraar zo aandachtig aan dat deze kortstondig werd overmand door een te lang ingehouden ontroering; zuchtend en mompelend drukte hij haar een pocketcamera en een flink aantal fotorolletjes in de hand en liet haar pas gaan nadat ze hem had beloofd minstens de helft ervan vol te schieten met zo artistiek mogelijke stadstaferelen.

De opdracht liep uit op een fiasco. Twee weken later keerde ze terug bij haar hoopvolle cursusleider, bemand met zo'n vijftig foto's van bizar uitgedoste post-punkjongeren, allen vastgelegd tijdens hun oeverloos paraderen op King's Road. Pas tijdens het gezamenlijk ontwikkelen zag Adriënne het resultaat van haar ijver; een saaie aaneenrijging van beschilderde, bepuiste en uitdrukkingsloze puberhoofden. Ze schaamde zich. De cursusleider was zó teleurgesteld dat hij haar een paar keer onbeheerst afsnauwde.

Na de les nam hij haar mee naar een nabijgelegen pub. Daar legde hij haar uit wat er niet had geklopt aan haar portretten. Met haar kin rustte Adriënne op haar gevouwen handen. Haar ogen samengeknepen volgde zij zijn uiteenzetting, die door zijn tomeloos enthousiasme steeds moeilijker te volgen werd. 'Een goede foto is geen afbeelding,' ving ze op, 'maar een metafoor, een verstilde verbeelding van een overtuiging, of een gemoedstoestand. Maar de meeste fotografen zijn vertolkers, twintigste-eeuwse monniken, in dienst van de hen omringende wereld. De fotograferende monnik gelooft, in tegenstelling tot zijn middeleeuwse collega, niet in het onzicht- of het onzegbare, nee, hij put zijn antwoorden uit wat hem wordt getoond, de letterlijk voor de hand liggende werkelijkheid. Alleen de echte ingewijden in het vak kunnen het zich permitteren zich af en toe te laten gaan en het gevoel in de strijd te werpen, om op die manier de foto te maken die een aan zichzelf ontstijgende werkelijkheid samenbalt, een gecomprimeerde vanzelfsprekendheid.'

Voor Adriënne was niets vanzelfsprekend, dus ook de werkelijkheid niet. Zou ze een goede fotografe kunnen worden? Ze had geen zin meer om te luisteren. 'De foto als metafoor.' Ha! Zijn het niet juist metaforen – die grillige, onbeheersbare diabolo's waarmee schrijvers, schilders en smachtende pubers lopen te goochelen – die almaar verhullen en redeloze vragen oproepen? Nee, aan Adriënne's lijf geen kunstenmakerspolonaise. Wat ze wilde was eenvoudig: als Londen dan niet te veroveren viel, kon ze nog altijd infiltreren, en de pocketcamera was haar handzaam excuus.

De cursusleider wees naar buiten.

'Die muur daar,' zei hij, 'die heeft iets te zeggen. De topfotograaf zorgt ervoor dat die muur tot zijn recht komt. De topfotograaf is de muur, zoals hij alles is wat hem omringt. Maar jij, meisje, jij moet om te beginnen een hele goeie vertolker, een monnik worden, *a monk with a camera*.'

Adriënne glimlachte ongemakkelijk toen ze de pocketcamera voor de tweede maal kreeg aangereikt. Ze durfde de transpirerende cursusleider nauwelijks aan te kijken, schoof geruisloos de zware caféstoel naar achter en stond op. De cursusleider greep haar bij de pols, gaf met zijn andere hand een paar zelfvoldane tikjes tegen het fototoestel en zei: 'Hiermee heb je heel Londen onder de duim.'

Thuisgekomen bereidde Adriënne het avondeten. Ze merkte pas dat mevrouw Rafferty achter haar stond toen deze koket in haar wang kneep en fluisterend vroeg of ze ook zo'n zin had om na het eten een partijtje domino te spelen. Voor ze het wist schudde Adriënne haar hoofd, tot verontwaardigde verbijstering van mevrouw Rafferty. Die avond zat ze op haar zolderkamertje en staarde zo roerloos mogelijk door de lens van haar pocketcamera naar de eenvormige daken van de haar omringende villa's, en tegen middernacht was ze ervan overtuigd in ieder geval heel Hampstead onder de duim te hebben.

2

Adriënne was monnik want ze fotografeerde. Ze fotografeerde vervelde schoolkinderen die in een buitenwijk een klasgenootje aan het aftuigen waren, ze fotografeerde een rusteloze taxichauffeur, in de buurt van Covent Garden, wachtend op een vrachtje. Ze fotografeerde een van ingehouden opwinding verkrampte toerist die het aan de stok had met een echte, onverschrokken bobby. Ze fotografeerde in Hyde Park, waar het iedere zondag eenieder is toegestaan op een aardappelkist te stappen om de massa toe te spreken over politiek, liefde, godsdienst, pornografie en wat al niet. Tijdens deze 'speakers' corner' schoot Adriënne gretig plaatjes van toehoorders die zich, al dan niet verontwaardigd, lieten opzwepen door geroutineerde retorici.

Op zondag was Hyde Park Adriënne's favoriete plek. Net als tijdens popconcerten en voetbalwedstrijden leek menig Londenaar het zich toe te staan zich volledig te laten gaan, wat een veelheid aan uitgesproken gelaatsuitdrukkingen tot gevolg had, en wat Adriënne betrof zeker het fotograferen waard. Eenmaal ontstond tijdens een lange en vurige monoloog van een Iraniër, die een aanhanger van de ayatollah Khomeiny bleek te zijn, een handgemeen tussen enkele toehoorders en werd Adriënne, die onmiddellijk was toegeschoten om een en ander vast te leggen, met zachte hand verwijderd door twee geduldige bobby's. Ook werd ze eens tot haar schrik nogal bits en kwaadaardig aangesproken door een van de sprekers, van wie ze zo ongemerkt mogelijk een foto had willen maken. De tot dan toe aandachtig luisterende menigte had haar als één man aangestaard. Blozend en mompelend had zij zich uit de voeten gemaakt. Sindsdien bewoog Adriënne zich zo mogelijk nóg onopvallender dan voorheen langs de diverse samenscholingen, zonder echter uitzonderlijke taferelen uit het oog te verliezen.

Op een van de wat rustiger zondagen was het haar opgevallen dat een bijzonder lange jongen midden tussen een muisstille menigte voorovergebogen een zondagskrant stond te lezen, alsof het hem in het geheel niet aanging waar hij zich bevond. Zijn houding was van een aandoenlijke halsstarrigheid. Adriënne stelde zich voor hoe de lange, smalle jongen zou zijn als spreker: de zondagskrant opgerold en in een van zijn handen geklemd, armzwaaien makend, opgewonden schreeuwend en zonder enige overredingskracht, radeloos. Glimlachend bracht ze het fototoestel naar haar gezicht – en maakte toen een schokje van schrik. De jongen had de zondagskrant opgevouwen en grijnsde recht in de lens. Hij liep op haar toe. Adriënne liet haar camera razendsnel zakken en als vanzelf beantwoordde ze de triomfantelijke grimas van de jongen met een afwerende en tegelijkertijd zo beminnelijk mogelijke glimlach.

'Vertel eens,' zei hij opgewekt, te luid, 'ben ik fotogeniek?'

Adriënne was onthutst. Hij had haar aangesproken in het Nederlands.

'Ja eh, nee. Nou, dat weet ik dus nog niet.' De jongen stond nu vlak voor haar. Ze rook hem, ze rook zijn haar. Ze vond zijn plotselinge aanwezigheid pijnlijk, beledigend zelfs. Hij was jonger dan zij, schatte ze, hij moest een jaar of achttien zijn. De jongen met de zondagskrant tikte zachtjes op haar jasje en Adriënne deed een stap achteruit.

'Ik ben nog geen Engelsman tegengekomen die Samson-shag rookt,' zei hij glunderend. Verward staarde Adriënne naar haar borstzakje waaruit inderdaad een verfomfaaid maar nog steeds alleszins herkenbaar blauw pakje shag stulpte.

'Zeg maar eerlijk: ik heb je overdonderd,' zei de jongen met de zondagskrant. Zeventien is hij, dacht Adriënne, niet ouder.

3

Overal ter wereld kenmerkt de snackbarketen McDonald's zich niet alleen door de absolute onveranderlijkheid van de producten maar ook en vooral door de altijd weer lucratieve vestigingsplaats. Het filiaal vlak bij Hyde Park Corner is bijna altijd overvol, vooral op zondagmiddag wanneer de meeste redenaars in het park zijn uitgesproken en het publiek besluit alle toespraken en de bijbehorende agitatie te vergeten onder het nuttigen van een hamburger en een milkshake. Dezelfden die zo-even nog waren verwikkeld in een nietsontziende discussie bewegen zich vijfhonderd meter verder met een neerslachtige lijdzaamheid door de overvolle gangen van de snackbar, op zoek naar een zitplaats, het volgestouwde dienblaadje zorgvuldig boven het hoofd houdend. Des te verwonderlijker was het dat het bijna uitgestorven was in het restaurant op de dag dat een druk pratende jongen en een stuurs, maar aandachtig luisterend meisje zich door de hoofdingang naar de glimmende toonbank begaven. De jongen en het meisje bestelden allebei een cola en kozen een plekje bij het raam, hoewel geen van beiden behoefte leek te hebben aan het uitzicht op Hyde Park Corner. Adriënne had zich tijdens het afleggen van de vijfhonderd meter een beetje geërgerd aan de zelfingenomenheid van de jongen met de zondagskrant, maar deze ergernis was te verwaarlozen in vergelijking met de gelukkige omstandigheid dat ze eindelijk eens in het Nederlands kon spreken met iemand anders dan een van haar collega au pairs. Wat hij allemaal te vertellen had deed eigenlijk niet ter zake, hoewel ze zich wel degelijk had voorgenomen dat ze alles wat hij zei zou onthouden, om er 's avonds op de zolderkamer nog even over na te denken.

Omdat ze wist dat haar handen zouden gaan trillen draaide ze geen sigaret en zoog daarom te gulzig door het onknakbare rietje de ijskoude cola naar binnen. Wat was er eigenlijk om over na te gaan denken? Ze hadden niet tegen elkaar durven zeggen dat ze elkaars naam mooi vonden. De jongen met de zondagskrant heette Ingmar Booy, en terwijl de cola achter in haar keel prikte en jeukte, voelde Adriënne dat ze geen zin had om zich af te vragen of die naam wel bij hem paste. Voor het overige moest ze toegeven dat het meeste van wat hij zei tamelijk oninteressant was. Ingmar Booy, de jongen met de zondagskrant, de triomfantelijke grijns en de enthousiaste armgebaren, studeerde geschiedenis en maatschappijleer op een lerarenopleiding in Amsterdam. Hij had het meestal razend druk ('niet met de studie, hoor') en vond dat Londen 'een beetje tegenviel'. Die laatste ontboezeming was hij nu al minutenlang aan het toelichten. Adriënne kon haar ogen niet afhouden van zijn handen. Het waren smalle, beweeglijke handen waarvan de aderen haar geen afkeer inboezemden. Integendeel, de breekbare, zachtgroene lijnen leken met zorg te zijn aangebracht. Ze schrok toen ze bedacht hoe zichtbaar háár handen waren op het glinsterende tafelblad. Ze keek naar buiten. Het geringe aantal mensen had haar zo-even nog een gunstig voorteken geleken (waartoe moest er zoiets als een voorteken in het leven worden geroepen? – dat deed er niet toe, het was er nu eenmaal), maar nu hoopte ze vurig op een stortvloed van verveeld kauwende bezoekers. Als hij maar niet ophield met praten! Hij vroeg haar of hij een sigaret mocht draaien. Adriënne dacht aan mevrouw Rafferty die zich ergerde aan haar grote verzameling pakjes shag. Het roken van shag was *most reprehensible*. Zou ze hem dit misschien, bij wijze van grappige inval, kunnen vertellen?

'Duitsers roken bijvoorbeeld ook shag,' zei ze.

Ingmar Booy grijnsde niet, staarde haar nogal sloom aan.

'Ja,' zei hij toen haastig, 'ja, ja.'

'Ik had dus ook een Duitse kunnen zijn,' verduidelijkte Adriënne verongelijkt. Zo eenvoudig als het was om maar wat te sollen met de eigen identiteit. Meneer Rafferty had de waterige en futloze ogen van een Duitser, vond ze, en mevrouw Rafferty leek met haar mismoedig makende permanent en haar venijnige motoriek overal inplaatsbaar – maar toch, een situering ergens in de buurt van Mannheim, Koblenz of een van die andere oervervelende steden langs de Rijn, het zou geenszins haar verbazing hebben gewekt. De volstrekte willekeur waarmee ze haar gastgezin in gedachten in een heel andere hoek van Europa neer kon zetten, bezorgde haar een aanhoudende giechel, ongetwijfeld tot verwarring van Ingmar Booy. Adriënne dronk haar papieren beker leeg terwijl Ingmar Booy haar weifelend opnam en vervolgens zichtbaar het besluit nam om te zeggen dat ze inderdaad ook een Duitse had kunnen zijn.

4

Het ongemakkelijk bewegend meisje met de pocketcamera kon niets anders dan een Nederlandse zijn, wist hij, en toen hij lachend op haar toe was gelopen, duizelde het in het hoofd van Ingmar Booy van de mededelingen. Hij had zoveel eenvoudigs te vertellen, wilde onnadenkend Hollands praten, het liefst over zichzelf. Ingmar Booy was nu anderhalve maand in Londen. Hij had zich al die tijd geheel en al ingelaten met de beslommeringen van zijn broer Siewald, die bezig was een indrukwekkende carrière te maken. Siewald had zich in twee jaar tijd weten op te werken tot een van de meest fantasievolle makers van promotiefilmpjes van popmusici. Hij had een aantal populaire videoclips vervaardigd voor de meest uiteenlopende artiesten, die zich juist als gevolg van deze clips onder één noemer geschaard zagen worden. Ieder filmpje had namelijk één ding gemeen: pretentie. Zijn allereerste opdracht had Siewald gekregen in de tijd dat doem en bezwerende monotonie hoogtij vierden in de Engelse popmuziek; voor een obscuur groepje maakte hij een vijf minuten durende hommage aan de Amerikaanse schilder Mark Rothko. Hoewel de single ging over straatangst en doodgewoon 'Out in the streets tonight' heette, liet Siewald de muzikanten halsbrekende toeren uithalen met immens grote lakens die precies zo beschilderd waren als de meest contemplatieve werken van Rothko. De clip sloeg in als een bom; er volgde een aantal interessante aanbiedingen.

Siewald ontweek in zijn clips zeker niet de gangbare effecten – overdadige rookwolken, schaars verlichte ruimtes, lijnrechte slagschaduw plus natuurlijk close-ups van halfnaakte vrouwen – maar liet tevens niet na te verwijzen naar grootheden uit allerlei takken van kunst. Vooraleer was het de beeldende kunst geweest waarnaar Siewald in clips verwees. Hij liet decors ontwerpen die deden denken aan de schilderijen van De Chirico (wiens lege pleinen en ongewone schaduwen perfect binnen de esthetiek van de videoclip bleken te passen), had vervolgens het idee om de positie van de jaren-zeventigkunstenaar Joseph Beuys in een uiterst koddig filmpje aan de orde te stellen. Hij liet twee in bikini gestoken meisjes elkaar besmeuren met vet en vilt, waarna een pezige en ontegenzeglijk op Beuys gelijkende man zich in de worsteling mengde, echter niet met vet, vilt, karton of zaklantaarn, maar in plaats daarvan gewapend met pek en veren.

Siewalds meest succesvolle project had echter niets meer te maken met de schilderkunst. Voor een bloedcommerciële discodreun van een zwoel zingend duo zette hij een subtiel eerbewijs aan Ettore Scola's *Una giornata particolare* in elkaar, waarin Loren en Mastroianni natuurlijk waren vervangen door het piepjonge koppel dat nog niet half zo goed acteerde maar daarentegen zeer aanstekelijk bleek te kunnen dansen. Siewald verdiende veel geld en verwierf een bekendheid die een beetje deed denken aan die van een popmuzikant. Ingmar Booy verslond de enthousiaste, dolgelukkige brieven van zijn broer en aarzelde niet toen deze hem uitnodigde een tijdje te komen logeren. Na zijn aankomst ontdekte hij echter al snel dat Siewald het over niets anders kon hebben dan zijn loopbaan. Ingmar Booy stoorde zich er niet echt aan. Siewalds avontuurlijke verhalen waren vermakelijk en maakten hem nieuwsgierig. Het bleef echter bij deze verhalen. Ingmar Booy werd overal zorgvuldig buiten gehouden, leerde geen van Siewalds musicerende en acterende vrienden kennen, mocht zelfs niet mee naar de opnamestudio's. 'Als iedereen familie en vrienden meeneemt wordt het daar helemaal een chaos,' luidde Siewalds verklaring, en zo kwam het dat er voor Ingmar Booy niets anders op zat dan rondneuzen in zowel het riante appartement van zijn broer als de straten van Londen. Meestal hing hij zo lang mogelijk rond in de goedkope antiquariaten in Notting Hill, totdat het zoeken naar koopjes hem begon tegen te staan. Dan nam hij de ondergrondse en bracht de rest van de dag door met het luisteren naar Siewalds platen en cd's. Vaak ook keek hij naar de muziekprogramma's van de diverse satellietzenders, soms wel enkele uren achtereen, en bijna altijd werd wel een van Siewalds meesterstukjes vertoond. Ingmar Booy verveelde zich in Londen. Het duurde een week voordat hij had achterhaald dat het niet de stad zelf maar zijn noest arbeidende broer moest zijn die schuldig was aan die verveling. Daarom was het ook dat niet alleen Adriënne, maar ook hijzelf zich had verbaasd over zijn matheid jegens Londen. 'Het valt wel een beetje tegen.' Adriënne, het meisje met de pocketcamera, het aanvankelijk stil en geschrokken meisje, had hem toegesproken en hem daarna gevraagd zijn oordeel toe te lichten. Ach ja, het was ook eigenlijk niet waar, had hij daarna snel, te snel, toegegeven, waarna ze waren opgestaan van het felgekleurde tafeltje en de felgekleurde stoeltjes en de almaar drukker, almaar Britser wordende snackbar hadden verlaten.

Wilde hij weg, naar Siewald, naar Siewalds platen- en boekenverzameling? Ingmar Booy was zo nerveus! Op het gezicht van het meisje met de pocketcamera leken zich moties van wantrouwen te verzamelen. Dat ze een Duitse had kunnen zijn, had ze ernstig gezegd, en Ingmar Booy, die niet op de hoogte was van het feit dat sommige meisjes neerslachtig worden als gevolg van een niet te verklaren – en dus gevaarlijke – opwinding, voelde zich helemaal niet op zijn gemak. Daarom aarzelde hij toen ze voorstelde de kermis op Hampstead Heath te bezoeken.

Het was zondagmiddag, niemand had haast, en er was dus niemand die opbotste tegen de lange jongen die plotseling stilhield op het brede trottoir van Hyde Park Corner. Slechts een oude neger gluurde uit zijn ooghoeken en zag hoe Ingmar Booy zijn hoofd boog, de zondagskrant aan zijn borst drukte. En even plotseling, sneller dan de neger zich kon herstellen en doorlopen, keek Ingmar Booy zijn oude, vermoeide en ietwat beschaamde toeschouwer recht in het gezicht.

'Wilt u misschien mijn krant hebben?' vroeg hij. Een onberispelijk Engels galmde over het trottoir. 'Ik ga namelijk met dit meisje naar de kermis, ziet u.'

De neger stamelde iets onverstaanbaars en nam mokkend de krant in ontvangst. Met een milde grijns liep Ingmar Booy, die zich zo razendsnel had ontdaan van het voorwerp dat Adriënne's aandacht had getrokken, van de neger vandaan. Toen hoorde hij een doffe klik. Dit keer bracht het meisje haar fototoestel niet razendsnel van haar gezicht vandaan, hield het in plaats daarvan vlak onder haar kin en zei ernstig: 'Daarnet was je volgens mij bijzonder fotogeniek.'

Hij durfde niet te lachen totdat zij het deed.

'Nu heb ik je onder de duim,' zei ze – en dat was waar, dacht Ingmar Booy gebelgd. Wat had hij haar allemaal gezegd tijdens het overhandigen van de zondagskrant aan de beduusde neger? Hij had haar aangekeken, hij had niets gezegd; hij had gezegd, goed ik ga met je mee, en die beslissing heeft niets om het lijf, met gemak ontdoe ik me van mijn krant en met eenzelfde gemak ga ik akkoord met een voorstel van een meisje met een pocketcamera. Ik doe maar wat, had hij gezegd, ik doe maar wat in een stad die niet tegenvalt maar juist méévalt. Hopla Adriënne, binnen luttele ogenblikken schaf ik me een tegengestelde mening aan want je sprak me immers tegen! – Dit alles had hij haar gezegd en haar antwoord was even zwijgzaam geweest: een korte, doeltreffende beweging, om zijn nonchalance vast te leggen.

'Tja,' antwoordde Ingmar Booy schel (hij was zo naakt zonder krant!), 'nu zit ik dus in jouw mooie, fonkelnieuwe fototoestel.' Nu draag je me met je mee, wat een devotie, dacht hij ook nog. Wat zou er gebeuren, wat zou ze doen als hij haar zomaar ineens zou slaan, heel zachtjes tegen haar wang, vlak bij haar oor?

5

Ze namen de ondergrondse naar Leicester Square, om daar over te stappen op de Northern Line, richting Hampstead. In feite had de door Adriënne genomen foto weinig schade berokkend, integendeel; eenmaal ondergronds konden ze het heel goed met elkaar vinden. Terwijl ze slenterden door de lange gangen, op zoek naar de juiste lijn, maakten ze half gelukte grapjes over voorbijgangers, ze vonden zichzelf flauw en kinderachtig en genoten hiervan. Even later zat Adriënne tevreden op een van de fleurig beklede bankjes van de wagon en staarde uit het raam, hoewel er niets anders te zien was dan langsschietend beton. Nu heb ik je onder de duim. Ze had niet kunnen nalaten het te zeggen. Zijn vinnige antwoord had haar afgeleid, maar ze had zich zijn lichaam voorgesteld. Ze zou hem willen fotograferen, zijn handen vóór zijn gezicht, zijn hoofd gebogen, als een echte pin-up. Op weg naar de ondergrondse was ze telkens een beetje schuin achter hem gaan lopen want het was vooral zijn rug die ze had willen aanraken. De zekerheid dat ze zijn willoos, weerloos lichaam op ieder gewenst moment kon vastleggen bezorgde haar een onduidelijke zelfvoldaanheid. Ze had iets in bezit, en dat iets had veel praatjes, een brede, lelijke grijns en lange, smalle handen waar ze heel hard in zou willen knijpen. En Adriënne begon zich te schamen want ze wilde ook met haar wijsvinger op de gladde, groene aderen drukken. Ha, Ingmar Booy was zijn zondagskrantje kwijt!

De kermis in Hampstead Heath was vrijwel uitgestorven. Er liep een aantal verveelde kinderen in groepjes rond, en ook enkele gezinnetjes hadden besloten hun wandeling door het park af te stemmen op de bonte verzameling attracties. Adriënne genoot. Allerlei spectaculaire bouwwerken werden afgewisseld door aandoenlijk kleine en versleten kraampjes waarin hand werd gelezen, snoep verkocht of goocheltrucs werden vertoond. Uit de krachten gegroeide kartonnen dozen leken het; standvastig, maar zonder enige weerbarstigheid, stonden de kraampjes tussen de met elektrische kleurenpracht getooide gokpaleizen en racebanen. Het contrast was zó alomtegenwoordig dat een constatering onontkoombaar was en Adriënne wachtte op een opmerking van de ineens zo zwijgzame Ingmar Booy, de jongen in haar pocketcamera. Toen leek zij zich te realiseren met een volslagen vreemde in een domein rond te wandelen waar voor minder dan een pond saamhorigheid, wellust, gruwel en wanhoop kon worden aangeschaft, simpelweg door een van de attracties te bezoeken. Zo kostte het bijvoorbeeld tachtig pence om uit te vinden of Ingmar Booy last had van hoogtevrees; recht voor hen wiebelde het reuzenrad uitnodigend in de rondte.

Omdat er weinig publiek was, namen de kermisexploitanten uitgebreid de tijd voor het paaien van de bezoekers; Adriënne liet zich overhalen tot het schieten op plastic bloemen, en een oude, langharige waarzegster deed haar best om hen naar binnen te krijgen voor een sessie rondom de glazen bol. Adriënne voelde wel voor een avontuurlijke toekomstvoorspelling maar Ingmar Booy tikte haar ongeduldig op haar schouder.

'Vroeger waren alle waarzegsters mooie nepzigeunerinnen met tenminste enige uitstraling, nu moeten ze allemaal op Mae West lijken om verzekerd te zijn van klandizie.'

Dat was niet waar, vond Adriënne, maar omdat hij opnieuw zijn handen niet stil had kunnen houden, omdat hij hoekige en tegelijkertijd contourloze armzwaaien had gemaakt, daarom was het waar.

Ze kenden elkaar nauwelijks en er was geen ruzie gemaakt, maar het spookhuis was de verzoening, zo was hun gezamenlijke overtuiging – althans, Adriënne ging ervan uit dat ook Ingmar Booy wist wat zij meende te weten: niet Hyde Park, McDonald's of de underground was hun plaats van samenkomst geweest, maar daarbinnen, in het met meer dan levensgrote afbeeldingen van allerlei weerwolven en zombies versierde spookhuis was het dat ze Hollandse kreten van afschuw zouden mogen slaken. Na betaling van een luttel bedrag was alles voor misschien minder dan twee minuten van een wenselijke eenvoud; getweeën bang voor griezels met een schakelaar, voor elektrische skeletten en niet meer voor elkaar.

De entree van het spookhuis was indrukwekkend. Vlak bij de kassa stonden de wagentjes, die alle de vorm hadden van een doodshoofd. Er liep een kaarsrechte baan naar het spookhuis en de ingang was een groot en bloeddoorlopen oog dat leek te zijn vastgepind aan de rails. Een reusachtige naald in een evenzo reusachtige pupil; iedere inzittende van een doodshoofdkarretje schoof als een op drift geraakte speldenknop de bloedrode kas in, om vervolgens te belanden in het ongetwijfeld angstaanjagende binnenste van de bij het oog behorende schedel. Adriënne kocht een rit voor twee personen en moest haar fototoestel afgeven bij de caissière. Giechelend stapten ze vervolgens in een van de karretjes.

'Wiens oog steken we zo dadelijk eigenlijk uit?' vroeg Ingmar Booy.

Adriënne lachte.

'Zo'n oog,' antwoordde ze, 'is wel even erger dan een fototoestel. Dit oog legt dus helemaal niets vast. Het maakt van alles open.'

Vier kleine kinderen stonden joelend om hun karretje heen. Adriënne voelde de elleboog van haar toch een beetje nerveuze buurman in haar zij en verbeeldde zich dat het een mes was, liefst een kris. Ze is bang om verminkt te worden, ze houdt van haar lichaam en wenst vaak dat het onveranderlijk kan blijven. Ze is negentien en vindt dat alleen haar kleine, ronde borsten nog wat zouden mogen groeien. Ze vindt reguleerbare angst een weldadige zelfkwelling; toen ze vier jaar oud was maakte ze zichzelf bang met stukgemaakte speelgoedpoppen. Ze beschilderde haar poppen met zwarte viltstift en stak ze met een potlood de ogen uit, ze maakte heksen omdat ze zo graag bang wilde zijn. Nu, bijna zestien jaar later, zit er een tot leven gekomen speelgoedpop naast haar, een mooie nukkige heks met ellebogen als krissen. Er was maar één verschil. Zo dadelijk zou ze niet een van zijn ogen doorklieven, maar in plaats daarvan spande ze samen met haar pas opgeduikelde heks. Adriënne grinnikte. Alles was zo mooi want alles had met haar te maken. Toen schoot het wagentje met een ongekende snelheid vooruit. Het grote, bloederige oog bleek een fluweelzacht, in reepjes geknipt gordijn dat hun gezichten aaide bij het naar binnen rijden. Adriënne dacht plotseling aan haar cursusleider. Had ze op dit moment de stad onder de duim? Maar ze was geen monnik meer. Vrome angst voor de werkelijkheid had plaats gemaakt voor werelds vermaak, een beheerste gruwel, aangeschaft voor anderhalve pond. Adriënne gilde luid, zo luid dat Ingmar Booy haar in haar zij porde – de kris! verraad! – en vervolgens vastpakte. Ze draaide zich naar hem toe, keek hem aan. Ze zag zijn profiel, omgeven door felle lichtflitsen. Het maakte niet uit waar ze hem zou raken; ze kuste zijn oor, juist op het moment dat er een oude vrouw uit een doodskist omhoogschoot die leek op de waarzegster van zo-even, die leek op mevrouw Rafferty, die leek op haar moeder. Op mij. Het is donker en ik ben een oude, halfdode vrouw die een mooie, jonge heks op zijn oor kust.

Het karretje minderde vaart en sukkelde de buitenlucht in, een parfumwolk van licht. Ze keek recht in het verbijsterde gezicht van Ingmar Booy. Hij stotterde iets onverstaanbaars. Gelaten stapten ze uit, Adriënne schaamde zich voor haar betraand gezicht. Geen van de schaarse kermisgangers keek haar echter aan want meer nog dan in Nederland bemoeide men zich hier, in geval van zichtbare radeloosheid, met de eigen zaken. Adriënne keek met een schuldbewust lachje naar de nog steeds verbaasde Ingmar Booy.

'Was je echt zo bang?' vroeg hij ongelovig – achteloos klonk zijn stem, waarom praat hij toch zo hard en ook zo snel? De vaart waarmee zijn zinnen in het rond vlogen deed duizend andere, nóg sneller uitgesproken zinnen en zinnetjes vermoeden, een opeenhoping van mededelingen, vragen, tegenwerpingen, die echter allemaal ongezegd bleven. Wat moest het borrelen, gisten en broeien in dat smalle hoofd van Ingmar Booy, waarvan zo-even het rechteroor was gekust, door een ernstig, onhandig meisje dat was begonnen te gillen in het spookhuis, alsof ze daarbinnen, in de bordkartonnen gewelven, al haar bedachtzame ernst overboord had gezet en was veranderd in een wufte bakvis.

'Ja, ik was bang,' zei Adriënne die geen moment bang was geweest.

Ingmar Booy haalde zijn schouders op en lachte ongemakkelijk. 'Het was ook wel eng, hoor.' Langzaam jongen, zeg het langzaam. Ieder woord een executie. Mag ik soms niet naar je stem luisteren?

Adriënne had gegild voordat ze het wist, een uitslaande brand in haar ziel. In een stad, voor een belangrijk deel gevuld met tot vervelens toe beleefde en vooral lelijke mensen, die zich slecht kleden en logge pints drinken in groezelige pubs, is er niemand bij wie ze een zweem van nieuwsgierigheid kan opwekken, om vervolgens te vertellen over de jongen die zijn zondagskrant verruilde voor een bezoek aan een spookhuis. Als hij dan werkelijk Heathcliff was, was zij wel verplicht Catherine te zijn. Maar hij was Heathcliff niet en Adriënne wist niet wie te zijn.

Het meisje achter de kassa moest haar geschreeuw vanuit het bloeddoorlopen oog hebben gehoord, maar toen Adriënne haar pocketcamera kwam ophalen, keek de caissière haar niet meewarig aan maar sprak uit haar blik een onvoorwaardelijke solidariteit Glimlachend reikte ze het fototoestel aan, alsof ze wel wist dat Ingmar Booy niet naast haar in het doodshoofdkarretje had gezeten. Adriënne haalde opgelucht adem. Ze had gewoon een jongen op een foto gekust.

6

Ingmar Booy, die niets af wist en ook nooit iets zou komen te weten van het ondraaglijke papieren bestaan van Heathcliff, was ondanks deze literaire lacune dichter bij Adriënne dan zij kon vermoeden, want hij had wel degelijk zijn toevlucht gezocht in het geschrevene. Wat was er gebeurd? Ach, er was haast niets gebeurd, vond Ingmar Booy. Adriënne, voor anderhalve minuut in een doodshoofdkarretje en zonder pocketcamera, had hem gekust, ze had gegild, gehuild. Nee, het was haast niets, maar wel genoeg om hem in verwarring te brengen, sterker nog, om hem op te zadelen met een bijna lichamelijke ontreddering. Ingmar Booy was van mening dat deze ontreddering diende te verdwijnen en zijn instrument daartoe was hoongelach. Niet begon hij Adriënne openlijk uit te lachen of te bespotten, nee, zijn radeloosheid moest in het geheim worden weggegrinnikt met behulp van de juiste associaties, en Ingmar Booy bracht het gedrag van Adriënne onder in het tranenrijke domein van meester Rhijnvis Feith, wiens naam en hoofdwerk, de *Julia*, er tijdens de middelbare school waren ingestampt. Hij noemde haar Julia en daar moest hij om lachen. 'Bruine hairlokken kronkelden kunstloos om eenen sneeuwwitten hals –' Ingmar Booy was geen zeventien, zoals Adriënne had geschat, hij was twintig jaar en dus ouder dan zij, maar zijn stille spot, die uiteindelijk niets minder was dan een zelfverloochening, was die van een weerspannige puber van veertien. Als een veertienjarige liep hij over de kermis, grinnikend, bang, hij nam haar mee in de botsauto's, gooide pijltjes en won een knuffelbeer (die hij inruilde voor een zakmes) en verspeelde drie pond met een ingewikkeld gokspelletje. Ze hadden plezier, genoeg plezier om te doen alsof het spookhuis met het bloeddoorlopen oog er gewoon niet was geweest. Zijn ontreddering verdween inderdaad, maar heimelijk bleef hij haar Julia noemen, echter niet meer als noodsprong maar meer als een soort stille verontschuldiging. En Ingmar Booy zag de consequentie van deze koosnaam over het hoofd. Als zij dan werkelijk Julia moest zijn, dan was hij Eduard. Adriënne wist niet wie te zijn, terwijl Ingmar Booy met haar identiteit aan het goochelen was, waarbij hij helaas de zijne vergat, zoals hij inmiddels ook was vergeten dat Adriënne hem had gefotografeerd.

7

Ingmar Booy was weer twintig toen hij met haar meeliep naar het huis van de Rafferty's. Hij had het avontuurlijke beroep en de bijbehorende successen van zijn broer Siewald niet voor zich kunnen houden, had geestdriftig verteld over diens allerlaatste clip, een voor Siewalds doen luchtig en fleurig filmpje, gesitueerd in een exotisch Zuid-Frans dorp. 'Je móét gewoon wel eens iets van hem gezien hebben,' zei hij, maar Adriënne keek maar weinig televisie en haast nooit naar clips want daar hielden meneer en mevrouw Rafferty niet van. 'Ik praat met mevrouw Rafferty

over boeken en speel spelletjes met haar, kaarten, domino of Risk.'
Adriënne had gebloosd.
Al die gerieflijke, suikerwitte woningen in Hampstead leken op elkaar. Ingmar Booy keek onbeschaamd naar binnen, op zoek naar Londense middle-class taferelen. Het was zo stil op straat Overal was het rustig geweest, alsof Londen voor één dag, de dag van de zondagskrant, de pocketcamera en de doodshoofdkarretjes, juist déze dag, was veranderd in een uit de krachten gegroeid forensenstadje. Ingmar Booy verlangde opeens naar een spectaculair verhaal van zijn broer, een grootsteedse monoloog, vol pretentie en zelfgenoegzaamheid. Julia doet spelletjes met mevrouw Rafferty. Julia heeft gehuild, gegild, ze heeft me gekust en straks gaat ze kaarten met mevrouw Rafferty. Ach, het was zaak meester Rhijnvis Feith de geleende naam terug te bezorgen.
Ingmar Booy was moe. De moeite die hij zich had getroost om zich zo voorkomend mogelijk te gedragen had hem uitgeput. Maar wat had hij in feite volbracht? Hij probeerde zijn gedrag van die middag te achterhalen. Voor een moment doortrok een lichte beving zijn smalle lichaam en staarde hij Adriënne aan. Hij liep in een uitgestorven straat in Hampstead met een meisje van wie hij wist dat hij haar gezelschap had gehouden maar herinnerde zich níets van wat hij had gezegd, gedaan. Wat voor gedrag was het geweest dat hem had vermoeid?! Ingmar Booy was wanhopig. Niet zijn geheugen was buiten werking – hij zag haar gezicht voor zich; Adriënne drinkt cola, Adriënne lachend in de botsauto's – maar het waren zijn zintuigen die weigerden, zo verbeeldde hij zich. Zag hij zichzelf wel? Hij liep en dacht ik loop maar ik loop niet. Ik ben er niet. Ik wil er niet zijn, ik wil een vreemd meisje met een pocketcamera zijn.
'Wat kijk je gek?' vroeg Adriënne – en Ingmar Booy be-

gon opnieuw te beven. Hij bleef staan en beefde, een vervaarlijk schokken was het meer. Hij was Adriënne niet. Adriënne was iemand anders, iemand die hem geschrokken bij de schouders greep, en hem onmiddellijk daarna weer losliet.

'Weet je waarom ik foto's neem,' zei ze haastig, 'ik zit namelijk op een cursus en de cursusleider gelooft wel in mij, ik denk dat hij mij gemotiveerd en ook getalenteerd vindt, het is een lelijke man met een glimmend gezicht, hij zegt dat fotografen monniken zijn.'

Aan het eind van de straat ontdekte Ingmar Booy twee vechtende honden. Er sprong een man tussen en er weerklonk een vloek. Het beven wordt minder, jawel, het houdt op. Adriënne vertelde over haar strooptochten door de stad, beschreef enkele van haar foto's.

'Dus jij bent een monnik.'

'Ja, en jij bent een heks.'

Dit begreep hij niet. Ingmar Booy haalde opgelucht adem, zoals Adriënne dat bij de kassa van het spookhuis had gedaan.

'Een heks?' vroeg hij verbaasd. Zijn stem sloeg over, hij slikte een hoge uithaal weg met behulp van een onbeheerst schrapen van de keel. 'Goed, dan ben ik een heks.' Hij zette zijn handen aan zijn mond en brulde: 'EEN HEKS!' Het vreemde, Hollandse woord dreunde rond in de stille straat in Hampstead. Het echode. Ik sprak en mijne woorden werden viermaalen, al treuriger, al treuriger, herhaald. Adriënne lachte. Zijn schreeuw was de aanzet voor een nieuwe samenzwering. Met zijn tweeën droegen ze zorg voor de instandhouding van de Nederlandse ongemanierdheid. Lekker schreeuwen. Zij waren heel klein en Londen was een grote, oude en slecht geklede tante van wie niks mocht.

'Heksen zijn interessante wezens, hoor,' verzekerde Adriënne hem, 'ze zijn bijvoorbeeld altijd ambitieus, zou je kunnen zeggen.'

Ingmar Booy, die de ambitie van zijn broer had gezien als een vrijbrief voor de afwezigheid ervan bij hemzelf, was gevleid, en hoewel hij terdege wist dat het niets anders dan vederlichte verbeelding moest zijn, leek hem op dat ogenblik inderdaad een vage geldingsdrang te bespringen, die hem echter zozeer in beslag nam dat hij Adriënne niet hoorde. Ze zei hem dat ze bij het huis van de Rafferty's waren aangekomen. Ze tikte hem ongeduldig op de schouder, haar gezicht leek razendsnel te zijn geschminkt, er was een geïrriteerde haast op uitgewreven waardoor ze plotseling een paar jaar ouder leek.

'Ik moet echt naar binnen,' zei ze en knikte naar een laag en licht huis dat zich in niets onderscheidde van al die andere lage en lichte huizen. Iemand sloeg een fles kapot, niet op maar midden in het hoofd van Ingmar Booy. De verwarring vloog in het rond met een scherpte als van scherven, maar hij handelde razendsnel, hij was de huurmoordenaar met een schotwond en een kop vol glas, die desondanks zijn werk blijft doen: koelbloedig trok Ingmar Booy pen en papier uit zijn jaszak en noteerde Siewalds adres en telefoonnummer. Deze week even bellen, goed? Toen zag hij hoe twee kindergezichten zich tegen het huiskamerraam hadden gedrukt. Ook de kaarsrechte gestalte van een vrouw werd zichtbaar – mevrouw Rafferty, het spelletjesbeest.

'Ik ga nu echt naar binnen,' fluisterde Adriënne, en Ingmar Booy was verbouwereerd want ze liep de kleine voortuin in en ging naar binnen.

Zelfs in de ondergrondse was het rustiger dan op andere zondagen, maar Ingmar Booy merkte het allang niet meer, die afwezigheid van stoïcijnse Londenaren. Hij snoof. Vergiste hij zich of rook het werkelijk frisser dan anders? Hij verwonderde zich, Siewald had immers verteld dat die vreemde, zware geur zich gewoonweg had vastgenageld aan ieder perron, en dat een tunnel in feite bestond uit louter duisternis en weeë stank waaromheen men beton had aangebracht. Er was maar één verklaring voorhanden, dacht Ingmar Booy, Londen heeft iets belangrijks te doen en daarom maar eens de tanden gepoetst.

8

Alles Bestehende ist ein Gleichnis, maar Adriënne, die onmiddellijk naar haar zolderkamertje was gerend om pocketcamera, zondagskrant en spookhuis, kortom de hele zondagmiddag haastig onder haar bed te schuiven – Adriënne stond samen met mevrouw Rafferty in de keuken de kip voor het avondeten schoon te maken en voelde zich zo vormeloos en leeg dat ze niets en niemand anders kon zijn dan een meisje dat in de keuken staat om de kip voor het avondeten schoon te maken. Mevrouw Rafferty vroeg niets en Adriënne zei niets. Natuurlijk had zij wel gezien hoe een onbekende, nogal slungelige jongen haar had thuisgebracht, maar sinds het aanbod van haar man aan Adriënne om een cursus te volgen, liep mevrouw Rafferty als een grote, verongelijkte vogel door het huis en zweeg zoveel mogelijk. Zij was nieuwsgierig, maar mevrouw Rafferty had zich voorgenomen om pas tijdens het spelletje kaart haar nukkige houding te laten varen om vervolgens een en ander uit te vissen – iets wat in het geheel niet nodig bleek te zijn, want zodra het eten was afgeruimd en de kaarten op tafel waren gekomen, begon Adriënne te vertellen. Mevrouw Rafferty luisterde en attendeerde haar op haar versprekingen; Adriënne wierp Nederlandse kiezelstenen in de vijver van haar opgewonden woorden.

Wat vertelde Adriënne aan mevrouw Rafferty? Adriënne vertelde niets. Ze verzweeg de zondagskrant, de doodshoofdkarretjes, het gegil en de plotselinge kus; ze verzweeg vooral de foto die ze van Ingmar Booy had gemaakt, zodat er een verhaal overbleef waar mevrouw Rafferty van moest geeuwen.

Meneer Rafferty, die ingespannen zat te kijken naar de televisie, waarop nu al de hele dag een voetbaltoernooi werd uitgezonden, hoefde geen koffie meer en mevrouw Rafferty, die het kaarten al spoedig had gestaakt omdat haar tegenspeelster zich overal bevond behalve op het kartonnen strijdtoneel van het spel, had ook geen verdere wensen, zodat Adriënne naar haar kamer mocht gaan. Toen ze op haar onopgemaakte bed zat overviel haar een redeloze twijfel. Moest ze nu iets gaan doen? Maar wat was er dan dat gedaan diende te worden? – Wat ze niet deed was staren uit het zolderraampje, want de villa's in Hampstead hoefden niet langer onder de duim te worden gehouden, Hampstead liet haar koud zoals heel Londen haar op het ogenblik koud liet. Eerder op de dag had ze van zichzelf geweten dat ze een en ander nog eens zou overdenken, maar nu het eenmaal zover was voelde ze niet de geringste behoefte zich aan dat voornemen te houden. Wel behield ze de vage drang naar het stellen van een – liefst indrukwekkende – daad, een drang die de oorzaak moest zijn van haar aanhoudende twijfel. Ze wist, de zondagmiddag was gewoon nog niet af. Maar wat voor daad moest er nu precies worden volbracht? Was het bewerkstelligen van een eenzame apotheose haar wens? Het liet haar niet met rust. Ze liep maar wat rond in het bedompte vertrek en ze liep langzaam en beheerst want in een hoek van de zolderkamer stond een cameraman die haar aan het filmen was. Ze keek recht in de lens zoals Ingmar Booy recht in de lens had gekeken; ze keek recht in de lens en grijnsde. Ben ik een pin-up, een heks, of ben ik gewoon een monnik? Haar camera was een zwarte kapstok, Adriënne probeerde hulpeloos te kijken, maar haar hulpeloosheid diende gemengd te worden met een harde, nietsontziende oogopslag waaruit de argeloze bioscoopbezoeker een zekere onbereikbaarheid kon opmaken. Adriënne's zoveelste film had een open einde want ze deelde een plotselinge klap uit en de kapstok viel krakend om.

Ze kleedde zich uit. Nee, ze was niet begeerlijk, vond ze – maar ondanks deze constatering liet ze zich vallen op het bed en keek opnieuw met haar hulpeloos-onbereikbare blik in het rond. Ze was de hoofdrolspeelster in een prachtig gestileerde videoclip.

Toen ze hem twee dagen later opbelde, maakte Ingmar Booy gehaast een afspraak nog voor dezelfde avond en in Siewalds appartement. Adriënne was verbaasd. Hij had gedaan of het ging om een aangename ontmoeting met een oude kennis, een grappig weerzien. Toen ze had neergelegd, kwam ze op het idee hem voor een tweede keer op te bellen, om even gehaast de afspraak af te zeggen. Ingmar Booy was een Nederlandse jongen, en de meeste Nederlandse jongens hebben, net als de meeste Nederlandse mannen, vrouwen en meisjes, niet wat je noemt een levendige fantasie. Wie niet over fantasie beschikt kan het ook niet opwekken bij anderen: – Adriënne zou de afspraak zeker nakomen, zo had ze besloten, maar na het telefoongesprek dacht ze geen moment meer na over wat er zou kunnen gebeuren.

Siewald woonde in Abercorn Place, vlak bij Abbey Road. Adriënne zat in een bedompte wagon van de ondergrondse en hield zich voor dat ze op weg was naar Primrose Hill, naar haar ontmoetingsavond voor au pairs.

9

Als Ingmar Booy een jongen was, was zijn broer Siewald een meneer. Siewald was zesentwintig jaar, zag er minstens zes jaar ouder en vermoeider uit, en alsof dat laatste diende te worden onderstreept had hij kortgeleden besloten kostuums te gaan dragen. Volgens de jongen Ingmar Booy was Siewald een getalenteerde, maar gejaagde en net niet modieuze meneer, een jonge, creatieve zakenman in een jonge, creatieve branche.

Het gebeurde de laatste dagen wel vaker dat Ingmar Booy nadacht over zijn broer als over een zakenman. Hoewel van korte duur, waren deze gedachten vervuld van cynisme en soms zelfs van lichte agressie. Maar diens oprechte gastvrijheid in ogenschouw genomen, was hij spoedig daarna van mening dat zulke belastende typeringen eenvoudigweg voortvloeien uit onbetekenende ergernis, een logeerpartij eigen. Hij wist, Siewald had het druk, probeerde desondanks de avonden vrij te houden en zo mogelijk ook de weekeinden – welk laatste voornemen tot zijn 'grote, zeer grote spijt' niet kon worden nagekomen, 'nogmaals sorry, hoor'.

Echter toen hij Adriënne, zijn zondagse meisje met de pocketcamera, had thuisgebracht en op weg was naar de woning van Siewald, dacht Ingmar Booy niet na over zijn broer maar over zichzelf. Dit keer was hij het die iets te vertellen zou hebben! Zijn kop zat niet langer vol scherven, zoals de huurmoordenaar van die middag, maar dan toch met een suizende scherpte, een betekenisvolle en voortvluchtige misdadiger waardig.

Op het moment dat hij Siewalds appartement binnenstapte besprong hem ditmaal geen kortstondige ergernis maar een ongebreidelde afkeer. Zijn broer zat onderuitgezakt in zijn draaistoel en keurde hem nauwelijks een blik waardig. Er was voetbal op de televisie.

Natuurlijk, sport, voetbal! Voetbal, het spektakel dat van de Britten zulke onberekenbare wezens maakt, ten prooi aan een dwaze mengeling van ontembare agressie en zelfgenoegzame devotie, 'het collectieve Es van het eiland', zoals Siewald de nationale sport eens had genoemd – ja, dezelfde Siewald die zich nu als een python had genesteld in zijn luie stoel, versteend, gespannen. Ingmar Booy was sprakeloos. Hij vond zijn broer er lelijk en – het woord schoot hem letterlijk, een duw in de rug, te binnen – ontzield uitzien.

'Ach, neem iets te drinken,' zei Siewald en gebaarde naar de keuken.

Een voetbaltoernooi. Inderdaad, nu klopte het allemaal. De gelatenheid tijdens speakers' corner, de serene, zoemende stilte in Hampstead: het bescheiden raadsel moest wel leiden naar een van de weinige, maar zorgvuldig gekoesterde obsessies van de Engelsen. Pandora's fitnessbox.

Ingmar Booy voelde hoe zijn spieren zich onwillekeurig spanden. De witte, uitgestrekte zondag was opgerold en in een zware reiskoffer gestopt, en hem was opgedragen deze koffer op te tillen en ermee rond te sjokken, zomaar, niet eens ergens heen, want teleurstellingen kennen geen aankomst. Pas een uur later zag Ingmar Booy kans om te vertellen dat hij een leuke, vreemde dag had gehad met een leuk, vreemd, Nederlands meisje – ofschoon het niet meer vertéllen was wat hij deed, maar meer het naleven van een onduidelijke afspraak met zichzelf, een plichtmatig overbrieven van de dagvulling. Het bevredigt geenszins een koffer uit te pakken waarmee een uur lang is rondgesjouwd, maar Siewald had tenminste naar hem geluisterd en gevraagd hoe het meisje heette, hoe ze eruit had gezien.

Hoe ziet Adriënne eruit? Ingmar Booy ontweek zorgvuldig de blik van zijn broer. Hij wist dat hij geen antwoord kon geven. Iedere beschrijving van haar uiterlijk zou hem de mond hebben gesnoerd van schaamte, alsof hij voor een tien-, nee, duizendkoppig publiek zichzelf had moeten beschrijven. Koortsachtig zocht hij naar een nietszeggend en toereikend antwoord, totdat hij zich bedacht in ieder geval te kunnen uitleggen wie en wat ze níét was. 'Adriënne is geen Engelse, ze hoort niet bij de middle-class meisjes met hun kokette lakschoentjes, witte nylons en Lady Di-oogopslag, ze is allesbehalve een "smoothy working girl" zo'n vroegoude, aangeklede schoenendoos uit *Coronation Street*, maar ook geen verzorgde, smaakvol uitgedoste vamp, een postmoderne discogangster.'

Dit alles zei Ingmar Booy niet, hoewel zijn broer met zo'n antwoord tevreden was geweest. Behalve obligaat klonk het hem corrupt in de oren. Ja, dat moest het zijn, dacht hij opgelucht, haar beschrijven staat gelijk aan een nadrukkelijk verraad, een onverteerbaar blijk van corruptie. Ingmar Booy lachte, en zijn lach hield verkwikkend lang aan.

'Ik weet niet meer hoe ze eruitzag,' zei hij, 'gek hè, ik weet het niet meer.'

Hij dacht, Adriënne heeft kort, zwart haar. Haar gezicht vertoont iets schrikachtigs, een op springen staande radeloosheid. Maar waarom is het dan dat ze toch ook zo bedachtzaam kan kijken, telkens? Dat komt door haar bewegingen, jongen, ze doet recht aan haar lichaam want ze beheerst het met een wellevende ernst, ze heeft een rechte rug en een beetje opgetrokken schouders, maar ondanks dat weet ze de Hollandse achterdocht uit haar lichaam te bannen. Haar aanwezigheid is overdadig en die overdaad is zo vanzelfsprekend! Alles klopt, ze hoort bij zichzelf.

Nee, niet verder nu. Ingmar Booy sloot zijn ogen. Hij was in het huis van zijn broer, hij kijkt me recht in mijn gezicht en wacht op een antwoord. Siewald hield zijn wijnglas tegen zijn linkerwang gedrukt. Jawel, wist Ingmar Booy, ik stel hem teleur, alweer, ik heb niets te melden, ik ben er niet.

'Nee,' zei Ingmar Booy voor een tweede keer, en nog eens klonk zijn stem helder en luid, 'nee, ik weet het echt niet meer.'

Siewald draaide zich zuchtend richting televisie. Hij keek opnieuw naar de voetbalwedstrijd. En Ingmar Booy zei: 'Het enige wat ik me herinner is dat ze zo een van jouw filmpjes kan binnenwandelen.'

10

Ja, nee, dat was natuurlijk een grapje, had Ingmar Booy onmiddellijk hierna gezegd. Ook de dagen daarop had het hem verstandiger geleken zijn broer zo weinig mogelijk op de hoogte te stellen van zijn ongewone zondag. Toen hij eenmaal over haar had gesproken als het meisje met de pocketcamera, was hij reeds overtuigd geweest Siewald, die filmende, ijverige, gevaarlijke Siewald, te veel informatie te hebben verstrekt.

Was Siewald gevaarlijk? Siewald was gevaarlijk zodra hij zou besluiten zich zijn gemakkelijk te hanteren omgangsvorm aan te wenden: de minachting. Siewalds meneertjesachtige minachting was wel het allerlaatste wat zijn logeerpartij kon gebruiken, vond Ingmar Booy, maar nadat Adrienne hem had opgebeld, was hij zijn conclusie van kort tevoren alweer vergeten en was hij druk gebarend begonnen te vertellen. Dat het meisje van zondag gebeld heeft en dat ze vanavond op bezoek zou komen. En of hij, Siewald, misschien plannen heeft voor vanavond want –

Ingmar Booy hoorde zichzelf hinderlijk luid praten, een sterk zoemen bij zijn slapen. Hij vreesde het ergste, maar Siewald had volstaan met een licht spottende oogopslag en een joviale klap op de schouder.

'Om twaalf uur vanavond ben ik thuis,' had hij gezegd, 'maar dan moet het meisje met de pocketcamera er nog wel zijn want ik wil natuurlijk wel even zien of ze inderdaad mijn films kan binnenwandelen.' Met zijn herroeping – grapje! grapje! – had hij zichzelf belachelijk gemaakt, vond

Ingmar Booy nu. Siewald had zo-even het huis verlaten en hem achtergelaten met een wrevel die hij besloot zijn hoofd uit te dreunen met behulp van de bijkans dierlijke uithalen van een met fascistische riten koketterende hardrockgroep.

11

Een half uur later dan was afgesproken belde Adriënne aan. Toen Ingmar Booy haar opendeed, toen hij keek naar haar korte, zwart haar, naar haar gezicht, naar haar radeloos en toch ook bedachtzaam gezicht (haar lichaam, jongen); toen zij zag dat hij naar haar keek – toen wisten ze dat ze elkaar niets te zeggen hadden, maar dat gaf niets want ze hadden niets nodig, en ook dat werd hun op dat moment duidelijk.
 God, wat leken die twee op elkaar! Geen van beiden had een boodschap, een mededeling voorhanden. Niets te zeggen – die volstrekte afwezigheid maakte hen vrijwel identiek. Ze werden er verlegen van. Adriënne had haar pocketcamera niet bij zich en was derhalve geen monnik meer, zodat Ingmar Booy op zijn beurt besloot geen heks meer te mogen zijn. En rondom hen was dit keer geen grote, lege, trotse stad, nee, alles in Siewalds kamer was van een overzichtelijke proportie. Het komt zelden voor dat er niets hoeft te worden gezegd, maar even zeldzaam is het dat er dan toch wordt gesproken, en wel over – het klinkt obligaat maar zo is het nu eenmaal: over niets. Ingmar Booy toonde Adriënne de platencollectie van zijn broer, hij vertelde over new wavemuzikanten, legendarische soulzangeressen en onsterfelijke negentiende-eeuwse componisten, en Adriënne luisterde, ze wiegelde behaaglijk in de zachte, malle hangmat van de haar onbekende namen, die ze kort daarna alweer was vergeten. Nogmaals, het deed er allemaal niet toe. Ingmar Booy vertelde maar wat, Adriënne nam geen

foto's en gilde niet, er was geen sprake van de uitputtende sisyfusarbeid van zondagmiddag, tijdens welke ze zich onophoudelijk vertilden aan het opwerpen van de eigen, wankele, gezochte identiteit.

Wie waren ze? Ze waren geen Engelsen en geen Duitsers, net zomin als ze nu jongen, meisje of elkaar waren. Nee, ze waren van zichzelf, ze waren bezielde, hanteerbare voorwerpen. Ik ben wat ik bezit. Wat ze waren deed nu ter zake: ze leunden op elkaars leeftijd, op het gepraat en het stilzwijgen, op elkaars tomeloze, hoekige begeerte.

Het was Ingmar Booy die zich als eerste bewust werd van zijn begeerte. Tot dan toe was hun samenzijn van een kalme, weldadige nutteloosheid geweest, maar nu schrok hij, hij haalde een paar elpees van zijn schoot en stond gehaast op. Wat wil ik dan? Jawel, hij wilde Adriënne.

Als een jongen of een man zich bewust wordt van zijn geilheid, heeft het meestal tot gevolg dat hij fouten gaat maken. Stroomde zijn verlangen daarvoor nog als een anonieme gloed door het lichaam, vlak na het onderkennen ervan moet er worden gehandeld, gekanaliseerd, zo luidt de reflex. Er moet worden veroverd. Hij, die was wat hij bezat, dient nu iemand anders in bezit te nemen. Terwijl Adriënne de hangmat opvouwde en zich tevreden schikte in haar nutteloosheid, realiseerde Ingmar Booy zich zijn doel en begon zich te concentreren op de middelen. Daarmee was hij niet langer zijn eigen, handzame voorwerp met een lege en weldadige ziel, nee, hij werd een machteloze dirigent, een niet mislukte, maar mislukkende kunstschilder. Ik wil jou hebben en ik moet daar iets voor doen.

Wat zou er gewoonlijk hebben plaatsgevonden, na zo een bewustwording? Wel, Ingmar Booy zou haar gezicht hebben aangeraakt, voorzichtig, om te beginnen met één hand. Zou Adriënne hem hebben afgeweerd? Nee, jochie, kom maar, toe maar.

Maar het ging anders, dit keer. Ingmar Booy had zich

vergewist van zijn doel, had zich geconcentreerd op de middelen, maar was vergeten wíé hij wilde zijn. Adriënne, Adriënne zijn. Het zou hem nooit meer verlaten, zijn leven lang zou hem die dwaze, verrukkelijke en tot ontwrichting leidende wens bijblijven, maar toen hij daar in Siewalds woning stond, vlak voor haar en onbeweeglijk, was hij deze wens dichter genaderd dan hij had kunnen vermoeden. Het was belachelijk en prachtig, hij stond daar en staarde naar Siewalds platenverzameling en zijn bezitsdrang gleed van hem af – de afwerende handen van de dirigent, het afgewende gezicht van de kunstschilder. Hij kleedde zich uit. Ingmar Booy kleedde zich uit, zoals Adriënne zich zondagavond in haar zolderkamertje had uitgekleed. En o nee, ook hij vond zichzelf niet begeerlijk. Hij durfde Adriënne niet aan te kijken, maar ze zag het wel, die hulpeloze oogopslag van hem! En weer was er een filmcamera op hen gericht, ditmaal was het de staande schemerlamp naast de draaistoel, maar deze keer deelde Adriënne geen plotselinge klap uit, nee, de camera, de schemerlamp bleef geheel intact, en Ingmar Booy, naakt, wanhopig, werd door een cameraman gefilmd, Adriënne zag hoe hij werd gefilmd. En natuurlijk stond ze op want het was haar beurt om in beeld te verschijnen, wist ze.

Ingmar Booy stond daar maar. Hij kneep zijn ogen dicht van schaamte. Jawel, hij had zich uitgekleed. Hij was drie passen verwijderd van Adriënne en hij had een erectie. Hij had een erectie en hij schokte zijn schouders samen, en die ogen, die ogen die bleven maar gesloten. Ik heb me uitgekleed. Adriënne kneep niet in zijn handen en drukte niet op de zachte, groene aderen van zijn handpalmen.

'Ik wil je rug zien,' zei ze.

Zo gemakkelijk als hij zich liet omdraaien! Adriënne fronste en keek, ze keek naar zijn rug. Ze legde haar beide handen op zijn schouderbladen en strekte haar vingers. Dit was dus wat ze had willen aanraken, in de underground, in het spookhuis. Roerloos hield ze haar handen tegen zijn rug gedrukt en haar frons verhevigde want er was nog steeds die camera. Toen kneep ze hem. Ze kneep zo hard mogelijk, en Ingmar Booy gilde – en dat moet ook want je zit in een doodshoofdkarretje, heks. Kus me dan, heks. Als verstijfd klemden haar handen zich vast aan zijn huid, Ingmar Booy had veel pijn en Adriënne kuste hem in zijn nek, op zijn schouders. Ze stond op haar tenen want ze kuste opnieuw zijn oor.

Adriënne liet hem los. Onmiddellijk was Ingmar Booy weer dirigent en kunstschilder, maar op het moment dat hij zich naar haar toekeerde, gleden ze voor een tweede keer en evenzo snel van hem af, die stropers op bezit.

'Was je echt zo bang?' vroeg Adriënne lachend. Ze lachte want ze had erop gewacht hem deze vraag te kunnen stellen. Eén ogenblik was hij verbaasd, maar toen herinnerde ook Ingmar Booy zich weer het spookhuis, de gil, en zijn ongelovig gestelde vraag, en ook hij schoot nu in de lach.

Hij lachte heel hard, die naakte jongen, hij lachte luidkeels met haar mee, waarbij ze allebei recht in de lens keken – want niet alleen Adriënne maar ook Ingmar Booy had nu de camera, en daarmee alles wat gefilmd werd, alles wat zichtbaar was, onder de duim. En hun lach bleek gelijk aan wat daarop zou volgen: het kalme, gekalmeerde verlangen naar elkaar, het inmiddels ingewilligde verlangen om redeloos te gebruiken, om met geduld gebruikt te worden, het naamloze, contourloze genot – onbedaarlijk was hun lach, en ook alles, alles wat daarna kwam was onbedaarlijk, werkelijk onbedaarlijk.

Bestaat er, naast make-up, iets wat vrouwen mooier maakt? Jawel, een zekere hoeveelheid leed, zullen velen zeggen; de echtelijke verbintenis, zo leert ons de bijbel; revolutie, zegt een beroemd Nederlands schrijver.

Siewald had besloten eerder dan om twaalf uur thuis te komen. Om precies kwart over elf stond hij, voorovergebogen en enigszins kortademig, in de huiskamer. Hij riep zo hard mogelijk zijn broer. Ach wat, hij wist het toch. Veerkrachtig – die opgelegde veerkracht van hem! – liep hij de slaapkamer binnen.

Het logeerbed van Ingmar Booy was een spijkerhard matras – en daarop lag hij, geschrokken, verontwaardigd, zwijgend. En ook Siewald, die wel wist dat hij zijn kleine broertje storen zou; die zich had voorgenomen hem lichtjes te sarren, zo flauw, zo vervelend, maar tevens zo genoeglijk – ook Siewald zweeg, want het meisje dat naast zijn kleine broertje lag, had zich, zoals in haast alle slechte en sommige goeie films gebeurt, haastig verscholen onder een laken. Als verstijfd lag ze onder het strakgetrokken laken en Siewald bleef maar naar haar kijken. Hij had geweten en hij wist het: zo mooi zou ze nooit meer zijn, dit leuke, vreemde en Nederlandse meisje (was het geen vrouw, was het echt geen vrouw?).

Schrik, schaamte, teleurstelling, trots en ten slotte minachting: in precies deze volgorde waren voornoemde gevoelens in haar geschoten. Verkramping in haar lichaam, benen bij elkaar. Haar gezicht had zich aan deze volgorde gehouden. Het was waar: het maakt een vrouw mooier als ze kenbaar maakt aan iemand anders toe te behoren, en voor wat Siewald betreft had Adriënne met haar aaneenrijging van gelaatsuitdrukkingen deze waarheid nog eens bevestigd.

'Sorry,' zei hij en schuifelde de slaapkamer uit. Hij zette

de televisie aan en liet zich in de draaistoel vallen. Daar zat hij dan. – Hij stond op, zette de televisie uit en legde zijn handen op het toestel. Waarom was hij eerder naar huis gegaan, waarom was hij zo abrupt de slaapkamer binnengestapt? Het was niet alleen om die verschrikte, verstarde schoonheid van een nog nooit ontmoet meisje aan te treffen, het meisje was iemand anders. Nee, er was nog iets. Een zo plotseling verschijnen zorgt meestal voor een feilloos overzicht, wist Siewald. En overzicht was wat hij nodig had. Niet meer hoefde hij uit te vissen of en in hoeverre deze Adriënne verliefd was op zijn jongere broer. Het was overduidelijk. In de slaapkamer lag een meisje dat hem door middel van het pentagram op haar gezicht had verwittigd van haar solidariteit jegens Ingmar Booy, zijn klein en lang en mager broertje op het spijkerhard matras. Ook zou zijn onverwachte binnenkomst tot gevolg hebben dat Adriënne hem zo terughoudend mogelijk zou bejegenen. Hij kende haar in het geheel niet, had tot voor twee dagen geleden niet van haar bestaan geweten – en het eerste wat hij van haar had gezien was haar lichaam, naakt, roerloos. En Siewald was er zeker van: voor een meisje is zo'n gebeurtenis letterlijk onverteerbaar. Zijn verschijning was als een stofwolk van vernedering geweest, en geen enkele vorm van frisse lucht zou die vernedering kunnen doen vergeten.

Voor een tweede keer stond Siewald op uit zijn draaistoel. Hij pakte een fles whisky en drie glazen uit het keukenkastje en wachtte.

13

Adriënne hield helemaal niet van whisky. Ze dronk het met samengeknepen wangen. Ze nam snelle, kleine slokjes die haar keel in schoten en had alle aandacht nodig voor het vermijden van een hoestbui of het al te zeer dichtknijpen van de ogen. Siewald was onafgebroken aan het woord maar in tegenstelling tot Ingmar Booy, die breeduit lachend ieder woord van zijn broer leek te koesteren, luisterde Adriënne nauwelijks. Wat was er gebeurd? Het was allemaal betrekkelijk eenvoudig: er was genoeg gebeurd dat niet had mogen eindigen zoals het was geëindigd. Ingmar Booy lachte om zijn broer, hij dronk whisky en zijn smalle, vochtige rechterhand lag almaar op haar linkerbovenarm. Zo gaat het dus. Het voelde aan als een levensechte wetsovertreding, zo in het nadrukkelijke bijzijn van Siewald, maar ze haalde zich het lichaam van Ingmar Booy voor de geest. Mager, soepel, vanzelfsprekend. Naakt had hij ineens voor haar gestaan, met schokkende schouders en bijna jankend van schaamte (ze had het wel gezien!). Zijn naaktheid had haar een verontschuldiging geleken. Een verontschuldiging voor wat? – voor zijn aanwezigheid, voor zijn bestaan. Adriënne glimlachte. Inderdaad, het klonk krankzinnig maar het was waar: niet oprechter, niet vollediger had hij zich kunnen excuseren voor zijn nabijheid, voor de structuurloze aanwezigheid van zijn lichaam dan door het simpelweg te tonen, onverwacht en onomwonden. Ze had hem bekeken en gedacht: ik ben dus niet bang. En: avonden, die gaan heel gauw voorbij. Ze had hem geknepen in zijn schouderbladen, als was het om de afwezigheid van haar angst te bevestigen. Toen hij al een tijdje naast haar had gelegen en in slaap was gevallen, was die kalme, wendbare nutteloosheid weer opgeborreld, alsof er die avond niets gebeurd was dan het uitrollen en opvouwen en weer uitrollen van de behaaglijke hangmat. Ingmar Booy was in slaap gevallen en ze had zichzelf verboden hem stiekem te bestuderen. Sst, stil blijven liggen, er slaapt hier iemand.

Adriënne peinsde en Siewald praatte maar. Als een insect zoemde plotseling een discodreun in haar hoofd, het was niet weg te krijgen. 'The body is a proper business and let's keep it that way.' Zou Siewald de bijbehorende videoclip hebben gemaakt? Ze durfde het hem niet te vragen. Nu waren beide broers opgewonden aan het praten. Over de psychologie in de popmuziek ging het. Een opkomend bandje, gesierd met de toch al therapeutische naam 'Cries for lies', had een clip gemaakt waarin de *primal-scream therapy* van Alexander Janov eer werd bewezen ('Shout! Shout! Let it all out. These are the things I can't do without.'). Het succes van deze clip indachtig sprak Siewald geestdriftig over andere, 'en betere', mogelijkheden om de psychologie 'zo avontuurlijk mogelijk de videoclip binnen te loodsen'.

'Freud?' vroeg Ingmar Booy voorzichtig.

Een ingehouden grinnik van Siewald was het resultaat.

'Nee, allesbehalve Freud,' antwoordde hij. 'Iedere kunstvorm heeft al genoeg te maken gehad met oeverloze interpretaties, waarbij allerlei fameuze begrippen te pas en te onpas zijn gebruikt. Het fallussymbool en de anale fixatie als entertainment, de doodsdrift als kunstenmakersesthetiek.'

Siewald genoot zichtbaar van zijn woorden. Adriënne dacht, dit is zijn werk. Praten en ironiseren. Ze keek hem aan, zijn gezicht was grof, groot en levend. Zijn dikke lippen pasten niet bij de snelheid waarmee hij sprak. Ja, hij sprak snel, net als Ingmar Booy, maar Siewalds vaart trok geen aandacht. Zo gauw Ingmar Booy zijn mond opendeed en begon te praten, had Adriënne telkens een wonderlijke deernis gevoeld. Er breekt een glanzende kralenketting en de woorden vallen stuiterend op de grond. Paniek, pijn: de kralen achterna. Siewald praatte maar, en Adriënne herinnerde zich dat ze eens de term had gehoord: 'gestroomlijnd cynisme' – dat is het waar Siewald zich van bedient!

'Het Oedipuscomplex is het griepje van de geestelijke gezondheid geworden. Iedereen kent het verschijnsel en in geval van mentaal onbehagen wordt het van stal gehaald,

zoals hoofdpijn en verstopte neus griep is gaan heten.'
 Had iemand hem dan gevraagd zo van wal te steken? Adriënne ontweek de geagiteerde blik van Siewald. Hier had ze niets mee te maken. Siewald had een fles whisky en drie glazen neergezet en dat was blijkbaar de rechtvaardiging voor zijn gepraat. Ingmar Booy lachte maar wat. Waarom lacht hij? Nee, hier hoor ik niet bij, dacht Adriënne, en tot haar schrik bleef ze dit denken toen ze vaststelde dat Ingmar Booy haar vanuit zijn ooghoeken opnam. Ze kijken alle twee naar mij. Wat wilde die Siewald toch? Wilde hij haar doen inzien dat Ingmar Booy in feite niets meer was dan het kleine, grijnzende broertje van de talentvolle cineast? Zo ondubbelzinnig kon hij toch niet zijn! Adriënne wreef met haar vingertoppen in haar knieholten en verlangde er plotseling naar haar lichaam in een mooie, grote spiegel te zien. Haar dijen, haar borsten.
 'Dus alsjeblieft geen freudiaanse videoclip,' verzuchtte Siewald. 'Maar weet een van jullie misschien iets af van Reich, Wilhelm Reich, een van Freuds leerlingen?' Hij vond het niet nodig een antwoord af te wachten, en daarom was het dat Siewald verbaasd het ijskoude whiskyglas tegen zijn wang drukte toen Adriënne zei: 'Ja, daar heb ik wel eens van gehoord.'
 Tenslotte was Adriënne negentien, bijna twintig, en omstreeks die leeftijd beschikt men nog over 'lievelingen', de lievelingselpee, de lievelingsleraar, het lievelingsland. Adriënne's lievelingsschrijver was Harry Mulisch, ze had veel van zijn boeken verslonden (nee, er is geen ander woord dan het doorkookte 'verslinden' voor haar leesgedrag), zo ook *Het seksuele bolwerk*, Mulisch' studie over leven en werk van de psychoanalyticus en biofysicus Wilhelm Reich. Twee jaar geleden was het geweest, Adriënne was en las toen als een zeventienjarige, gretig, argwanend. En dan, de aanhoudende ontsteltenis bij het vernemen van begrippen als orgastische frustratie, onanistische coïtus en seksuele

economie; de ontregelende verbijstering van een middelbare scholier die het lichaam en de geest onder haar ogen ziet verworden tot braakliggende materie, geschikt voor het lozen van adem-afsnijdende termen. Maar: ze had het boek verslonden, ondanks alles. En het had haar verbaasd nog zo gewoon, zo zoetjes over straat te kunnen lopen, met in het vooronder van haar zeventienjarige hoofdje de wereld volgens Reich. Nu, tegenover Siewald, die nog steeds zijn glas tegen zijn wang gedrukt hield, herinnerde ze het zich feilloos. Wilhelm Reich, geboren in 1897 in Oostenrijk-Hongarije, intelligent scholier en student, al spoedig carrière makend als wetenschapper. Schreef over het belang van de genitaliën en het zogenaamde 'potente orgasme' voor de geestelijke gezondheid. Breuk met peetvader Freud, publicaties als *Die Massenpsychologie des Fascismus* en *Charakteranalyse*. Vervolgens de ontdekking van de verbazingwekkende stof orgone, de 'geneeskrachtige straling' die bovendien ten grondslag ligt aan het orgasme, een sferische substantie rondom de gehele aardbol. – Moest ze dit uittreksel van een uittreksel nu aan Siewald overbrieven? Adriënne keek maar eens de huiskamer rond. De kleurige schilderijen waren mooi. De aan de wand geprikte platenhoezen waren mooi. Ach Ingmar, vertel mij nog eens iets over new wavemuzikanten, legendarische soulzangeressen en negentiende-eeuwse componisten.

'Wilhelm Reich stierf een tragische dood,' zei Adriënne ten slotte, en prompt klonk Siewalds stem.

'O, is dat zo?'

Ingmar Booy stond op en zette een plaat op van een groep waarvan Adriënne nog nooit had gehoord. Zij volgde zijn bewegingen. Ze bezag zijn toewijding ten overstaan van Siewalds stereo-installatie. Een golf, een deerniswekkend kind in haar buik. Adriënne rilde. Wat was hij bleek, wat was hij mager. Hij leek zo afwezig, hij deed maar wat daar, zo voor die stereotoren, maar – en ze rilde nog eens

toen ze het zich bedacht – één knip met de vingers en hij is weg. Tovenarij. Nee, Ingmar Booy is er bijna niet.
'Is dat zo?' vroeg Siewald nog eens.
Naar huis nu. Naar huis.
Maar Adriënne ging niet naar huis. Ze zei, ja, dat is zo, dat is werkelijk waar – waarna ze maar weer diende te luisteren naar een vurige monoloog van Siewald. Had ze zo een einde verwacht van haar avond met Ingmar Booy? Ze had helemaal níets verwacht. De hangmat, de nutteloosheid, het onbedaarlijk lachen: dit alles en meer nog had zij opgeborgen en het deed haar lichaam zachtjes gloeien, alsof ze alleen nog maar bestond uit twee moede, warme voeten, gehuld in fonkelnieuwe, hooggehakte laarsjes.
Had Siewalds thuiskomst haar teleurgesteld? Wel, ze zat in een huiskamer, samen met een jongen wiens schouderbladen ze had gekrabd en opgegeten (jawel, dat had ze geprobeerd) en diens veel te spraakzame broer, en het enige wat nu al minutenlang als een jojo in haar hoofd rondzweepte was: zie je wel.
Zie je wel, er wordt alweer gewoon gesproken, dezelfde avond nog. Zie je wel, vandaag de woorden van Siewald, morgenochtend mevrouw Rafferty en de foto's en de filmcamera op de zolderkamer, mijn kapstokje. Een kluwen wol, stugge, scherpe wol die ondanks de tomeloze ontrafeling maar niet kleiner wordt want morgen word ik wakker en dan is het weer stug en scherp vlak boven mijn ogen, hoofdpijn, hoofdpijn en ik weet mijn eigen naam niet meer. – Adriënne wilde nu werkelijk dolgraag naar huis, het was haar inmiddels bekend wat ze wilde, ze wilde dat het ochtend was, opdat die hele lange, lege dag op haar lichaam zou rusten als ze wakker werd. Ingmar Booy, zomaar boven op haar, zwaar, stil, uitgestrekt.
Toen ze opstond en zei dat ze wegging ('ik ga maar eens'), dacht Adriënne: geen verwarring nu. Ze liep naar Ingmar Booy die als haar afwezige, halfdode toverheks bij

de stereotoren stond, lachend, dralend, dronken – ze liep naar hem toe en was zeker van haar schaamteloze kalmte. Ze wilde zijn naam uitspreken. Dag, mooie Ingmar Booy. Siewald was haastig opgestaan om haar uitgeleide te doen – wat was hij ineens onhandig! Hij zette zijn whiskyglas op het bijzettafeltje, pakte het op, zette het op het bijzettafeltje, kuchte, grijnsde, zweeg – nee, dat is niet waar, hij zweeg niet, hij zei: 'Jullie twee, jullie krijgen een rol in mijn nieuwste project. Een metaalblauwe videoclip, een ode aan de orgonen van meneer Reich. Een blik in de gaarkeuken van de extase, en het is echt waar, ik geef jullie de hoofdrol.'

Wat was passender dan een zoemend zwijgen? Adriënne liet zich haar gekreukte regenjas aanreiken en wenste dat ze lang haar had, zodat ze het voor haar gezicht zou kunnen laten wapperen. Dit was erger dan zomaar de slaapkamer binnenlopen.

Ingmar Booy kwam plotseling weer tot leven. Hij leek zich Adriënne's vertrek te realiseren en draafde als een harlekijn naar de voordeur.

'Een goed idee, Siewald, leuk!' zei hij schor, luid en snel. Nog sneller dan anders. Een valpartij tussen zijn lippen. 'Maar weet je dat Adriënne ook verstand van zaken heeft? Ze fotografeert namelijk en ze fotografeert heel goed hoor, echt heel goed.'

Het kan niet anders dan koddig worden genoemd als twee mensen op hetzelfde moment verstarren als gevolg van de woorden van een derde. Als geroutineerde acteurs in een blijspel meden Adriënne en Siewald elkaars oogopslag, en Ingmar Booy staarde vergenoegd van de een naar de ander. Hij is dronken, dacht Adriënne, dronken en zacht. Ze schudde Siewald de hand. Siewald kuste haar op beide wangen. Ze kuste Siewald, vluchtig. Ze kuste Ingmar Booy. Ze sloot haar ogen. Een mooie strandschelp wil ik hebben, dacht ze, voor op mijn kamertje.

'Dag, Ingmar.' Och, zijn naam. Adriënne concentreerde zich op haar stem. 'Dag, Ingmar Booy.'

Ze was te laat voor de ondergrondse. Nog net wist Adriënne haar bus te halen. Er was nog een plaatsje vrij naast een knokige oude vrouw met een mal, felgeel mutsje. Adriënne was onder de mensen, om haar heen niets anders dan de rigoureuze Londense zwijgzaamheid en de haast onmerkbare, maar ontegenzeglijk lelijke veeg van ergernis over de gezichten van de passagiers vlak na een te lange busstop of een kuil in het wegdek. Adriënne hobbelde mee met de inzittenden en straalde. Nee, natuurlijk deed niet Wilhelm Reich, Siewald of een negentiende-eeuwse componist haar stralen, het is onnodig maar ook verrukkelijk om te vermelden dat ze dacht aan Ingmar Booy en dat ze straalde. Later, dacht ze, later gaan we dood.

'Jawel,' zei Adriënne, 'ja, ja, ja.'

Het knokige mensje naast haar keek verstoord op en zorgde ervoor dat Adriënne zich mooi voelde. Snel en diep ademde ze in, zodat ze een warme zwaarte in haar kleine borsten voelde. En Adriënne begon zomaar te blozen, want het hield maar aan, dat onaanraakbare besef, die rotsvaste zekerheid dat ze mooi was, mooi en van een onnavolgbare echtheid. Het klopte, alles was sluitend. Ze wist, ze was juist.

Twee

I

Het was niet zozeer kwaliteit of consistentie als wel een ondubbelzinnige gretigheid die Adriënne's Londense fotoserie tot een doorslaand succes maakte. De cursusleider haalde vlak na het ontwikkelen van haar drie fotorolletjes zelfs enkele van zijn collega's erbij. Met een verbaasde, schutterige trots toonde hij hun de resultaten van zijn gewaardeerde pupil. Adriënne kreeg complimentjes en na een kort moment van schuchter glimlachen gaf zij toelichting bij sommige van haar foto's, wat meestal een instemmend gemompel van het ploegje docenten tot gevolg had. Haar bescheiden verzameling was dan ook werkelijk het aanzien waard. Hier was geen doordachte en cleane beroepsestheet met engagementszucht aan het werk geweest maar een slimme en nieuwsgierige buitenlandse die oog had voor het comprimeren en inkaderen (11 x 16 cm) van Londense taferelen en die heel die logge, donkere stad had willen opslorpen met behulp van driemaal vierentwintig fotootjes.

Min één. Een van de docenten, een grijzende heer met een bespikkeld maar massief gezicht, stond wel een minuut lang met een en dezelfde foto in de rechterhand. Kleine, lichtblauwe oogjes schoten van de foto naar Adriënne en weer terug. Adriënne dacht dat de docent misschien een kritische opmerking of iets dergelijks voor haar gereed had en liep welwillend op hem toe. De man legde de foto echter gehaast terug op het tafeltje waarop haar bescheiden aaneenrijging van stadstaferelen was uitgestald. Ze keek kort naar de bewuste foto en schrok. Een oude, ineengedoken neger neemt een verkreukelde zondagskrant in ontvangst van een magere jongeman. Ach, haar onbetekenende overwinning op Ingmar Booy. De grijzende heer kon natuurlijk onmogelijk op de hoogte zijn van de functie van deze foto, maar desondanks keek Adriënne hem enigszins schuldbewust aan en vroeg: 'Vindt u deze niet mooi?'

De docent schudde glimlachend het hoofd en nam toen voor een tweede maal de foto in de hand. Hij legde er een verweerde wijsvinger op, vlak bij het achterhoofd van Ingmar Booy.

'Waarom vond je dat je bij deze foto extra betrokken moest zijn?'

Betrokken? Nou nou. Argwanend en ook een beetje beledigd keek Adriënne de docent recht in de lichtblauwe ogen.

En heel even schudde ze met haar hoofd van kwaadheid want ze had gehaperd tijdens het stellen van haar wedervraag: 'Ben ik was ik dan zo bij die foto betrokken volgens u?'

Weer gleed een milde, nogal ergerlijk milde glimlach (zo vond Adriënne) over het bespikkelde gezicht van de docent toen hij zich naar haar toe boog. 'Kijk,' zei hij, 'al jouw foto's zijn in orde, dat is zeker. Er is iets zichtbaar en jij staat op de meeste momenten simpelweg waar je moet staan en pats! je legt iets vast. Maar hier, hier wil je je eigen aanwezigheid kenbaar maken. Wat heb je gedaan? Die jongen moest om de een of andere reden die foto domineren, vond je, zijn rug, zijn benen, die hele achterkant van hem moest op een ongewone manier erop komen te staan, je wilde een foto met een tintje méér, je wilde de ongewone hoek en daarom ben je maar door de knieën gegaan. Het resultaat is een gekunstelde weergave.'

Nee. Door de knieën gegaan – en nog wel zo onverteerbaar letterlijk! Adriënne bekeek de foto nog eens en het was waar, de grijzende docent had gelijk. Gekunsteld en ergerlijk was de foto. Het lichaam van Ingmar Booy was merkwaardig geproportioneerd als gevolg van de vreemde stand van haar pocketcamera. Hij nam zowat de hele foto in beslag, terwijl de oude neger wel heel onomwonden de rol van weggestopte figurant vervulde. Eigenlijk een ronduit domme foto, vond Adriënne, echt heel dom. Opnieuw, hoewel nu niet half gemeend, keek ze de docent aan met schuldbewuste blik. Op het moment dat ze hem een warrige verklaring wilde gaan geven voor de mislukte foto kwam haar cursusleider echter tussenbeide.

'Heeft ze het niet prachtig gedaan?' vroeg hij de grijzende docent. De cursusleider sloeg een arm om haar middel, een al te joviaal gebaar dat de docent aanschouwde met een hoffelijk ingehouden afgrijzen.

'Jawel,' antwoordde hij, 'ze heeft het prachtig gedaan.'

Glimlachend ontdeed Adriënne zich van de warme, klamme arm van haar cursusleider en zei zachtjes: 'It was a monk's work' – maar die onvervalste steenkolengrap ontging de beide leraren, zodat ze elkaar gedrieën wat schaapachtig en ongemakkelijk aankeken, tot een derde docent, die ook iets te zeggen had over Adriënne's werk, zich gemoedelijk schouderkloppend bij hen voegde.

2

Door de knieën gegaan! Adriënne was op weg naar het huis van de Rafferty's en kon dat korte en in feite onbeduidende zinnetje maar niet uit haar hoofd krijgen. Niet onder de duim dus, die Ingmar Booy, maar juist voor hem door de knieën, op dat moment van de foto. Was dat het dan geweest? Was de bescheiden zege die ze dacht behaald te hebben op de jongen met de zondagskrant dan toch een doodgewone kennisgeving geweest, zoiets als 'nu fotografeer ik je, ik geef je dus mijn aandacht en wil er wat voor terug'? Duim, knieën – eigenlijk vond Adriënne het dwaas en vruchteloos om zichzelf uit te putten met zo'n verbeten determineerzucht. De gaarkeuken van de geabstraheerde ledematen. Er was gewoon geen sprake geweest van wat voor overwinning dan ook, en uit die ene uitlating van de vriendelijke en grijzende docent bleek een aanwezigheid van vakkennis en verder niets. Nee, verder niets.

Ondanks het hardnekkig zinnetje was Adriënne goedgehumeurd. Alles ging snel en dat was prettig. De zachtheldere juistheid die haar vlak na haar avond met Ingmar Booy had overvallen, was misschien wat verminderd maar het besef het goede te doen, te zijn, bleef haar vergezellen. Snel en goed, zo gingen en zo waren de dagen. Haast iedere middag had ze wel een afspraak met Ingmar Booy, afspraken die meestal te maken hadden met wandelen. Niet om hun lange, stille zondag een of andere schamele eer te bewijzen legden ze kilometerslange afstanden af in hun grote speelgoeddoos Londen, nee, die wandelingen hadden vooral te maken met de sensatie die hen al eerder als een groot en veilig muskietennet had omringd, de sensatie niets nodig te hebben. Wie niets nodig heeft is nergens naar op zoek en dat laatste is het prettigst voelbaar tijdens lange middagwandelingen door allerlei als aardappels zo plompe straten van een doorkookte stad. Ingmar Booy en Adriënne liepen en ze keken om zich heen. Dat er geleefd werd, overal rondom hen, was zo'n beetje de meest gedane observatie. Al wat ze deden was rondlopen – en dat was voldoende. Dat ze blijkbaar genoeg aan elkaar hadden is echter een aardappelplompe gevolgtrekking: de zekerheid van elkaars aanwezigheid maakte dat ze genoeg hadden aan zichzélf. Ja, hun paradoxaal genoegen was dat ze als gevolg van hun samenzijn zelfs elkáár niet nodig hadden – zodat een aanraking of een blijk van ragfijne verstandhouding een ongekende luxe werd.

Luxe. Notting Hill Gate, Portobello Road en Westbourne Grove werden ineens luxueuze straten, vergelijkbaar met Oxford Street en Charing Cross Road – waar zij overigens óók hadden rondgelopen, want verplichte bezienswaardigheden als de Westminster, Trafalgar Square en Piccadilly Circus scherpten de gelukzalige nodeloosheid van de wandelingen alleen maar aan. Nee, pas 's avonds, nadat Adriënne meestal in alle haast het eten voor het gezin Rafferty had bereid (wat zoals viel te verwachten leidde tot gemopper van vooral mevrouw Rafferty die zowel de onontbeerlijke aandacht voor het avondeten als de spelletjes kaart en domino zag verdwijnen), nam ze het openbaar vervoer naar Abercorn Place, alwaar ze meestal onthaald werd door de twee broers. Daar was het dat ze volop praatte en lachte en luisterde en dronk, soms veel dronk; daar was het dat ze bij afwezigheid van Siewald, heel dat lange, magere lichaam van Ingmar Booy lachend overdekte met kussen, alsof hij een kolderiek en buitenissig relikwie was dat enkel door middel van scherts kon worden aanbeden.

Hem zomaar krachtig en vastberaden kussen, en dan nog wel lachend, luid lachend: Adriënne vond het prachtig. Tijdens haar schooljaren had ze wel vriendjes gehad, en op feestjes met veel witte wijn en transpiratie werd er dan soms gevreeën in vreemde, naar huidpoeder ruikende ouderlijke slaapkamers, zoals dat ook gebeurt in allerlei nostalgische Amerikaanse amusementsfilms. Maar terwijl de jeugdige helden en heldinnen elkaar in dat soort kassuccessen besmuikt giechelend ondervragen en betasten, was Adriënne's samenzijn met zo'n beduusde, halfdronken jongen altijd bepaald geweest door ernst. Zorgvuldige ernst en zakelijke genegenheid, daarmee trad men elkaar tegemoet in die vreemde en stille slaapkamers, en daarmee inspecteerde men elkaars lichaam, elkaars reacties tijdens korte, lichte aanrakingen. Niet met een samenzwerend gegiechel maar met ongewoon heldere aanwijzingen betastte men elkaar; gefluisterd werd er tegen elkaar, 'nee, dat doet pijn', 'niet daar, iets meer naar links' of 'doe dat nog eens' waren bijvoorbeeld de kaders waarin niet de passie, maar de van ernst vervulde verificatie werd geplaatst. En deze feestjes, deze slaapkamers, deze aanwijzingen hadden bij Adriënne geleid tot weer een andere, een meer hardnekkige zwaarwichtigheid; dat was de routinematige, de bijna tot instinct verworden ernst waarvan ze zich bediende tijdens die eerste zondagmiddag met Ingmar Booy – dat was de zelfverdedigingsernst. Maar alles wat met zelfverdediging en ernst te maken had was al spoedig aan de kant gezet, onmerkbaar eigenlijk, als een boek dat uitgeleend wordt en vervolgens ineens gemakkelijk gemist blijkt te kunnen worden.

Daarom vond Adriënne het zo prachtig om zomaar naakt tegenover een jongen te zitten en te lachen, luid en langdurig te lachen – en dit keer niet om een of andere bescherming aan te wenden om zo de vrees voor de ongerijmdheid van het zo volstrekt andere lichaam te temperen, maar juist om de onbaatzuchtigheid ten overstaan van de ander te accentueren. Niets hoefde er deze keer te worden geïnstrueerd, want er hoefde niets te gebeuren, zodat datgene wat er dan gebeurde was ontdaan van iedere denkbare zakelijkheid. Het was de belangeloze begeerte – een begeerte van een haast gewijde aard, en toen Adriënne dit laatste tegen Ingmar Booy had gezegd, hadden ze ook daarom moeten lachen, niet uit spot of cynisme, maar eenvoudig omdat de constatering hen niet deerde. Nee, het deerde hen niet want ze waren veilig. Aan hen was de beschikking over de glasheldere veiligheid die zich onder andere uit in de compromisloze, dat wil zeggen de niet op goedkope ongerijmdheden gebaseerde lach.

Maar soms kon het gebeuren dat die veilige weldaad omsloeg in de immer ontoereikende en daarom verbeten drang de ander te zijn, een drang die Ingmar Booy tijdens de zondagmiddag geheel van zijn stuk had gebracht en die nu, vanzelfsprekend, ook had postgevat bij Adriënne. Eenmaal, tijdens een van de avonden van Siewalds afwezigheid, zaten zij op het spijkerhard matras en bewezen zij elkaar gekscherend, veilig, lachend, hun liefde. 'Zóveel hou ik dus van jou,' had Ingmar Booy gezegd, nadat hij haar hielen, haar tenen had gekust, waarna Adriënne onmiddellijk had gereageerd met het tussen de tanden klemmen van en het plagend trekken aan een pluk haar, om vervolgens hetzelfde te zeggen. Oorschelpen, knieholten en oksels volgden, totdat Adriënne hem vroeg op zijn buik te draaien, waarna ze zijn billen vastgreep en hem er beet, hard, heel hard, hem er daarna likte, kuste, terwijl haar rechterhand langs zijn buik schoof, op zoek naar zijn geslacht. Ze beet en kuste hem en ze bezag zijn kommervol genot. Geheel verzonken was hij in zijn genot, niet ernstig maar verbeten, net zoals zij verbeten was, zij, die niet méér op hem kon gelijken dan door hem te overrompelen met deze houdgreep. Nee, dit duurt niet lang meer, hij gaat dus weg, weg van mij, dacht Adriënne, en nog krachtiger werd haar greep. Nooit zou deze ongenaakbare veiligheid werkelijk ongenaakbaar zijn, want dit genot bestond bij de gratie van destructie. De belangeloosheid moest immers worden gesard, getreiterd en zelfs verloochend worden, om bij tijd en wijle de belangen bot en ondubbelzinnig uit te spelen en zich onomwonden van elkaar te bedienen. Nee, zij zou hem nooit kunnen worden. Wat had zij te maken met zijn in zichzelf gekeerde lust behalve dat zij het veroorzaakte? Ze slingerde Ingmar Booy op het onbewoonde eiland van de geilheid – geilheid, die naar autisme neigende opwinding – en het orgasme was de hopeloze brief in de fles. Háár eiland zou ook spoedig in zicht komen, jawel, ze zou klaarkomen en van zichzelf houden.

Begeerte, hevige begeerte, maar met belangeloosheid en religie had dit niets meer te maken. Adriënne drukte haar gezicht nog steviger tegen zijn billen, bezag vanuit haar ooghoeken voor een tweede maal de halfopen mond, de dichtgeknepen ogen van Ingmar Booy, en haalde toen haar hand van zijn geslacht. Beide handen bracht ze naar haar oren, ze drukte haar oren dicht, om zo de suizende leegte in haar hoofd te voelen rondtollen, een leegte die even zwaar, even extatisch was als de zijne op dit moment, zo wenste ze.

3

'Er is geen oorspronkelijk geluksgevoel dat zomaar over ons komt, maar er kan daarentegen sprake zijn van de bevrediging van een wens, een verlangen. Want verlangen, dat wil zeggen gemis, is de voorafgaande voorwaarde voor ieder genot.' – Als Ingmar Booy op de hoogte was geweest van deze uitspraak van Schopenhauer, zou hij het er ten stelligste mee oneens zijn geweest. Nog vlak voor het moment dat Adriënne haar pocketcamera op hem had gericht om hem en zijn zondagskrant in te lijsten, had zijn hoofd volgezeten met Siewald. Hij was tussen de opgewonden menigte in Hyde Park gaan staan en had gedacht aan Siewald. Siewalds filmpjes, Siewalds succes, Siewalds vederlichte minachting voor hem, het studerend broertje. Hij had niet verlangd naar Adriënne noch naar enig ander meisje met een pocketcamera, met wie hij cola zou kunnen drinken in McDonald's. Adriënne's verschijning was misschien vergelijkbaar met de plompverloren mededeling die de argeloze klant soms te horen kan krijgen, jawel meneer, u bent de vijftigduizendste koper in ons warenhuis en dat vieren we met een zesdaagse reis naar Rome, alstublieft en gefeliciteerd! Het is waar, het geluksgevoel was hem gewoonweg ingepeperd en het enige wat Ingmar Booy wenste was dat iemand hem bij elke pas die hij deed een trampoline onder de voeten zou schuiven, opdat hij zou kunnen springen, zo hoog mogelijk. Geen sprongen van blijdschap wilde hij maken, nee, zijn voeten moesten alleen maar even van de vloer, om op die manier aan enkel een fractie van de gewichtloosheid die zich in hem ophield recht te doen. Wat hem, vlak na Adriënne's plotselinge kus in het spookhuis, had beklemd en bijna letterlijk had neergedrukt, tuimelde nu als een tot leven gekomen bloemencorso door heel zijn lichaam: er niet zijn. Er niet te *hoeven* zijn!

O ja, Ingmar Booy herinnerde het zich nog maar al te goed! 'Wat kijk je gek?' had Adriënne hem gevraagd – en daarna begon ik dus te beven. Zo moe zo moe, de uitgestorven straat in Hampstead; Ingmar Booy had gedacht ik loop maar ik loop niet. Ja, zo was het gegaan, wist hij, en hij moest zich inhouden om niet te gaan schaterlachen. Wie had kunnen denken dat de oorzaak van die beklemming, het besef van de eigen, totale afwezigheid, in zo'n korte tijd zou omslaan in een ijdele, donzen vreugde?

De verklaring voor deze zo plotseling aanlokkelijk geworden mogelijkheid er niet te (hoeven) zijn is gemakkelijk te raden: Ingmar Booy mocht zich dan het een en ander herinneren, in feite was hij zichzelf vergeten. Hij was zijn ergernis aan Siewald vergeten, hij was vergeten dat Londen eigenlijk maar was tegengevallen en dat hij er had rondgedwaald, alleen, en ook dat hij lange, lege middagen had doorgebracht in Siewalds appartement, met alleen het gezelschap van diens platencollectie en wat satellietzenders, jawel, ook dat was Ingmar Booy vergeten. Wat was overgebleven was de aaneenrijging van afspraken met Adriënne, een aaneenrijging die zich voordeed als een klontering van bewustzijn, een samengebald bestaan – en waar alleen Adriënne degene was die bestond, terwijl hij slechts een onduidelijke substantie was die zorgde voor de samenballing.

Toegegeven, precies zo zag Ingmar Booys tuimelend bloemencorso er niet uit. Wat vooral telde was het verrassingseffect van hun liefde, de vijftigduizendste koper, oftewel de bevestiging die had plaatsgevonden en nog steeds plaatsvond, zonder dat er een wens aan was voorafgegaan.

4

Omdat gewichtloosheid zich van hem meester had gemaakt en hij zich slechts bezighield met trampolines, drong het nauwelijks tot Ingmar Booy door dat Siewald zich onophoudelijk inspande om het hem en Adriënne zoveel mogelijk naar de zin te maken. Siewald was de laatste dagen vaak thuis geweest, hij had voor veel geld eten en drinken gekocht en had tegen Adriënne gezegd dat ze – ja, hij had gezegd dat ze altijd welkom was. Siewald was ten prooi aan een aandacht verslindende verwarring.

Van zijn 'studerend broertje' ontving hij in het geheel geen bewonderende blikken meer, en Adriënne bejegende hem, zoals hij dit reeds had verwacht, uiterst terughoudend. De bescheidenheid en de belangeloosheid van hun liefde, die ook hij zeer wel had opgemerkt, kwetste hem. Hij had gaandeweg geleerd te jongleren met belangen van allerlei soort, zowel in zijn videoclips als in de zakelijke aangelegenheden eromheen. De ambitieloze, de doelloze liefde van die twee die zo heel dicht in zijn buurt waren, beschouwde hij als een aantijging, natuurlijk onbedoeld, maar toch: een aantijging – en wel tegen zijn carrière, die nu eenmaal bestond bij de gratie van de eigen, maar vooral van andermans belangen. Siewald wist dat als hij beschikte over de capaciteiten om muzikanten, financiers, filmmakers en een miljoenenkoppig satellietpubliek voor zich te winnen, het niet moeilijk moest zijn om zijn – afvallige – broertje en diens vriendinnetje bij al die mensen in te lijven. Hij had besloten zich aan zijn woord te houden en Ingmar Booy en Adriënne de hoofdrol te geven in wat de eerste reichiaanse videoclip zou moeten worden.

De contacten met de band die zojuist de single 'Genetic engineering' had voltooid, waren in een vergevorderd stadium. Er lag een kant en klaar script in de bovenste bureaulade van de betreffende platenfirma. De intro van de clip zou bestaan uit een kolderieke ruzie tussen godfather Freud en zorgenkind Reich, een scène die stukje bij beetje zou veranderen in een tekenfilmpje. Freud en Reich zouden, nu als koddig getekende personages, kibbelend over het tv-scherm rennen, en het aardige van Siewalds plan, zo vond hij tenminste zelf, was dat de bewegende spotprenten van beide psychoanalytici ingenieus zouden worden verwerkt in een korte opname van de popgroep in kwestie, optredend in een concertzaal gevuld met ziekenhuispersoneel, gekleed in de bekende witte jassen. Dit alles was beeldmateriaal voor maar anderhalve minuut; de rest van het filmpje was 'vrijgemaakt' voor Ingmar Booy en Adriënne. Wilhelm Reich, althans de getekende versie ervan, zou hen letterlijk bij de hand nemen, zo was Siewalds plan, en hen wegwijs maken in de wereld der orgonen, die in beeld werden gebracht als kleurige insecten, zwermend rond de aardbol, maar ook, gelijk een aureool, boven de hoofden van de twee hoofdrolspelers. Reichs orgonenleer moest een feeërieke en esthetisch bedwelmende aangelegenheid worden, en de met ijzer beklede cabine, geschikt voor het aantrekken van de orgasme opwekkende orgonen volgens Reich, zou worden gefilmd als een soort Hof van Eden, waarin Ingmar Booy en Adriënne, nog steeds geleid door het tekenfilmfiguurtje Reich, gelukzalig zouden ronddwalen. Alice in Wonderland. Een prachtig liefdessprookje met een vleugje verantwoorde waanzin, dat was Siewalds wens. Hij wilde naam maken met een psychoanalytisch kunststukje, geschikt voor welke huiskamer dan ook.

5

Ingmar Booy was verbaasd toen hij hoorde van Siewalds precieze plannen maar was tevens gevleid dat diens aanbod dus geen joviale opwelling bleek te zijn. Hij voelde er wel voor om terecht te komen in een wereldwijd verspreide videoclip. Adriënne, alzo vaak voor haar eigen, kapstokzwarte camera op haar zolderkamertje verschenen, was minder enthousiast. Ze herinnerde zich Siewalds plotselinge entree in de slaapkamer, nu bijna twee weken geleden, en haar daaropvolgende ontreddering. Ook wist ze nog van haar stille reactie toen Siewald diezelfde avond nog zijn door whisky ingegeven aanbod te berde bracht. Nee, ze wilde niet. Het idee dat Siewald allerlei cameramensen zou dirigeren met de bedoeling haar te filmen kwam haar stuitend voor. Bovendien was haar plaats niet voor de camera, maar, zo niet erachter, dan toch ernaast, vond ze, zeker nu ze zoveel respons had gekregen van de docenten op het instituut.

Maar het was alleen haar derde en laatste bezwaar dat Adriënne aan Siewald vertelde. Voor een tweede keer had zij zich Harry Mulisch' levensschets van Reich zo goed mogelijk voor de geest proberen te halen, en nadat zij Siewald aan het woord had gelaten over zijn script, was het haar duidelijk geworden. Het geestelijk imperium van Wilhelm Reich zou worden geridiculiseerd en worden teruggebracht tot een op paranoia gebaseerde lusthof, als Siewald tenminste zijn zin kreeg.

'Maar liefje, wat wil je dan?!' had Siewald uitgeroepen. 'Toegegeven, het is wel een beetje "Wilhelm Reich voor arbeiders verklaard", maar dat is altijd nog beter dan weer een clip met alleen maar shots van bizarre landschapjes of vrouwen met zwoele blikken en grote borsten.'

Adriënne had maar weer gezwegen. Ze wist niet wat ze met Siewalds aanbod aan moest. Nogmaals, zij wilde niet.

Maar ach, Ingmar heeft er zo'n zin in. Hij vindt het spannend. Hij is trots. Juist voor hem wil Siewald graag een snelle beslissing, want moet Ingmar immers niet over drie weken naar Amsterdam, terug de collegebanken in? Wat voor Siewald reden was om haast achter de zaak te zetten, was tegelijkertijd Adriënne's belangrijkste tegenargument. Je bent nog drie weken hier, Ingmar, waarom blijven we die tijd niet gewoon rondbanjeren door de stad, wij tweeën, ik maak foto's van je, hele mooie foto's, niet om je onder de duim te hebben maar om alles in eigen hand te houden.
– Ingmar Booy zou spoedig teruggaan naar Amsterdam, terwijl Adriënne's verblijf bij de Rafferty's eigenlijk pas was begonnen. Nog zeker een maand of vijf, zes zou ze bij hen blijven. Een half jaar is lang en Amsterdam en Londen zijn grote steden, maar een clip daarentegen duurt maar vier, vijf minuten en het beeldscherm van een televisie is niet groter dan een uitgevouwen zondagskrant.

Ah! Was het niet prachtig om elkaar te zien, zomaar in een of ander onbetekenend popprogramma? Is er een betere manier denkbaar om, van elkaar gescheiden, toch te kunnen nagaan of we op elkaar raken uitgekeken? Dit zei Ingmar Booy, hij bediende zich van allerlei half gemeende rariteiten die echter wel degelijk overtuigingskracht bleken te hebben, want op een nogal feestelijke zaterdagavond, nadat ze gedrieën op Siewalds kosten hadden gegeten in een restaurant in Covent Garden, ging Adriënne, donzig en onbezonnen als gevolg van de rode wijn, plotseling akkoord. Haar beslissing had zowaar een rondedansje tot gevolg, en Siewald stelde prompt voor om een en ander te vieren in een nabijgelegen discotheek. Daar werd Adrienne, zich haar allereerste eenzame uitgaansavondjes in Londen herinnerend, voor het eerst in gezelschap dronken van de rum-cola die ze in deze en soortgelijke etablissementen was begonnen te drinken. Ze lachte om de grapjes, de goedkope ongerijmdheden van Siewald, en gedrieën dansten ze als koddig getekende personages in de met de meest vernuftige lichteffecten getooide discotheek, tot ze niet meer konden. Veel later op de avond danste Adriënne alleen en lette allang niet meer op Siewald, lette allang niet meer op Ingmar Booy. Ze danste en weigerde na te denken over haar onverwachte instemming. Ze danste en dronk. De dagen, bedacht ze zich, als de dagen maar snel blijven gaan en als ze maar juist blijven.

Pas nadat ze door een taxi was afgezet voor het huis van de Rafferty's drong haar besluit tot haar door, maar inmiddels was Adriënne's dronkenschap veranderd in een lome onverschilligheid. Maar toen ze voor het raam van haar zolderkamertje stond en uitkeek over de eenvormige daken van de villa's in Hampstead, bemerkte ze de vage jeuk van een haast slonzig te noemen droefenis. Moet ik dan alvast maar gaan oefenen, onbetrouwbaar kapstokje van me? Maar nee, het ontbrak haar zelfs aan de energie om hulpeloos en tegelijkertijd niets ontziend in haar geduldige camera in de hoek van haar kamer te kijken. Nog geheel aangekleed viel ze achterover op het bed en merkte onmiddellijk daarop dat er geen enkele beweging meer mogelijk was. Roerloos lag ze, uitgestrekt en moe. Het was het moment dat het gemis van Ingmar Booys aanwezigheid haar voor de eerste maal pijnlijk trof. Ze zou geen aandacht aan hem hebben besteed als hij nu in haar nabijheid was geweest, daarvoor werd ze te veel in beslag genomen door de onbeweeglijkheid van haar lichaam. Ze sloot haar ogen want ze wilde slapen. Niet wilde zij vrijen, lachen of wandelen met Ingmar Booy; Adriënne verlangde nu niets anders dan kennis te maken met het verlangen naar de gedeelde slaap.

'Ik wil niet alleen op bed liggen.' Ze zei het zachtjes, glimlachend, haar ogen gesloten en met een zwaar, wiegend hoofd, maar tegelijkertijd als een kind zo broodnuchter. Met al haar kleren aan en boven op de dekens viel ze in

slaap, niet als een blok maar als een spreekwoord dat nog
moet worden uitgevonden.

6

Toen Adriënne hen op de hoogte had gebracht van Siewalds filmplannen, reageerden meneer en mevrouw Rafferty eerst geschrokken en daarna verontwaardigd. Vooral voor mevrouw Rafferty was Adriënne's veelvuldige afwezigheid van de laatste tijd reden geweest voor paniek, zorgen en – vooral – ergernis, – wat zij dan ook had laten blijken door haar nurkse zwijgzaamheid nu en dan af te wisselen met een waar spervuur van allerlei licht retorische vragen, met de bedoeling Adriënne op haar nonchalance jegens haar gastgezin te wijzen. Toen Adriënne had verteld dat ze minstens anderhalve week iedere dag aanwezig moest zijn in de filmstudio's, werd het mevrouw Rafferty allemaal een beetje te veel. Als verstomd hief ze haar armen op en keek niet Adriënne maar haar man verwijtend aan, een theatrale wanhoopsdaad waarmee ze hem te kennen gaf dat wat haar betrof de maat vol was en dat het nu aan hem was om een hartig woordje te spreken met hun plotseling zo onwillig geworden au pair. Meneer Rafferty wist zich geen raad met zowel Adriënne's besluit als de geëmotioneerde reactie van zijn vrouw. Ongemakkelijk wendde hij een zo indringend mogelijke verontwaardiging voor. Anderhalve week zomaar een videoclip maken, hadden zij haar dáárvoor in huis genomen? En wie garandeerde dat alles vlekkeloos zou verlopen – want was het niet het gastgezin dat voor een groot deel verantwoordelijk was voor het doen en laten van hun au pair?

Terwijl haar man mat en plichtmatig zijn bedenkingen opsomde, liep mevrouw Rafferty onrustig door de huiskamer. Toen Adriënne zachtjes had geantwoord dat ze haar werk desnoods 's avonds zou inhalen, schokte ze een paar maal vol afschuw met haar schouders.

'Maar kindje, daar gaat het ons toch niet om,' zei ze. Haar stem snerpte als gevolg van de ingehouden woede. 'It's just a matter of principles! Jij hebt besloten voor enige tijd bij ons te komen werken, wij geven je in ruil daarvoor onderdak en eten en vooral flink wat zakgeld zou ik zeggen, maar ook' – en hier verloor haar stem de snerpende toonhoogte – 'bieden we je toch een huiselijke atmosfeer. Wat ik wil zeggen is dit: je kunt je toch niet zomaar aan je verplichtingen onttrekken, Adriënne? Ik neem aan dat je je dat realiseert.'

Adriënne wist dat mevrouw Rafferty gelijk had. Maar hoewel ze inzag dat de ongerustheid van de Rafferty's heel begrijpelijk was en dat er vrij terecht een dringend beroep op haar verantwoordelijkheidsgevoel werd gedaan, gaf Adriënne geen duimbreed toe. Merkwaardig, ze aanvaardde in zekere zin de argumenten van het echtpaar Rafferty, terwijl hun houding tegelijkertijd tot gevolg had dat ze werkelijk zin begon te krijgen in die clip. Het was een vage en in principe onbeduidende recalcitrantie die zich had aangediend en die haar deed denken aan warrige ruzies tijdens haar schooltijd met geduldige, goedwillende leraren.

Mevrouw Rafferty was voor het raam gaan staan. Ze had kennelijk besloten dat het tonen van haar lange, rechte rug het meest bruikbare verwijt was. Adriënne keek strak naar het plafond, er ontstonden dansende, geelgroene bolletjes die haar een onverwacht prettige gedachteloosheid bezorgden. Nee, er was niets meer te zeggen – en het was meneer Rafferty die, nadat hij wat zweet van zijn bovenlip had gelikt, de stilte verbrak door met een opgelegde vermoeidheid te mompelen dat er later wel verder over gesproken kon worden.

Opgelucht verliet Adriënne de huiskamer. Op haar onopgemaakte bed lagen schriftelijke instructies van haar cursusleider, die ze voor een zoveelste maal wilde doorlezen. De cursusleider had namelijk opgetogen gereageerd toen hij hoorde van haar bescheiden filmavontuur.

'Dat is een goeie gelegenheid voor het maken van een juweel van een fotoserie,' had hij uitgeroepen, 'een weergave van de totstandkoming van een videoclip!'

Natuurlijk! De cursusleider had haar voor een tweede maal meegenomen naar de nabijgelegen pub om haar opnieuw van tips te voorzien. De belangrijkste ervan schreef hij dit keer op, 'omdat ik bang ben dat je ze vergeet'. Adrienne kende de notities inmiddels zo'n beetje van buiten, simpelweg omdat het haar trots stemde dat al die artistieke raadgevingen haar, en niemand anders betroffen.

Maar waren de schriftelijke tips van de cursusleider haar ook werkelijk van nut? – Zoals bij zoveel mensen het geval is, stemde het handschrift van de cursusleider in haast letterlijk te noemen grote lijnen overeen met zijn voorkomen; royale uithalen verbonden de hoekige letters, een onopvallende tegenstrijdigheid waaruit, volgens Adriënne, een oprechte en tegelijkertijd nogal cynische geestdrift bleek – wat weer feilloos van toepassing kon zijn op de manier waarop hij haar tot nog toe had begeleid. Nadat ze het briefje nog eens had doorgelezen, bleek haar opnieuw: de tips waren bruikbaar, ondanks de op geheimtaal lijkende beeldspraak. Inderdaad, het leek wel wat op geheimtaal, die zinnen, alleen maar omdat de cursusleider zichzelf in feite zo vreselijk serieus nam, alsof het 'first Hampstead institute for photography' voor hem een waardig substituut was van jongensclub De Zwarte Hand. 1. Vergeet maar even dat je monnik wezen moet. Er wordt een film gemaakt, de werkelijkheid wordt in de houdgreep genomen en jij doet daaraan mee. 2. Probeer zo mogelijk die houdgreep te negeren. Ga in geen geval over tot het vervullen van de rol van scheidsrechter; in feite is de houdgreep niet meer dan het opboksen tegen de werkelijkheid. De juiste foto is in dit geval niet bedoeld om te registreren maar om te relativeren. 3. Als opdracht 2 lukt, volgt het zwaarste. Relativeer ook je eigen relativering. Jij geeft een weergave van een weergave – de moeilijkste klus. Maak die pirouette, maak die aan zichzelf ontstijgende samenballing!

Houdgreep, werkelijkheid, registreren, relativeren – wat haar stoorde was de ogenschijnlijke routine waarmee haar cursusleider een zo verantwoord mogelijk rookgordijn had proberen aan te leggen. Alsof fotografie zou moeten leiden tot een soort van creatieve stroomstoot, tot een 'waarheid' verschaffende roes! Op haar veertiende had Adriënne wel eens gedichten geschreven en waar ze met volle teugen van had genoten was niet het maken, maar het resultaat van het schrijfwerk – immers telkens weer iets anders dan ze had bedoeld. Je zoekt en vindt iets anders. Zo was het haar ook vergaan met haar laatste fotoserie; Adriënne nam zich voor de tips van de cursusleider niet uit het oog te verliezen maar zich er geenszins door te laten leiden, ondanks dat ze er wel degelijk door was gevleid. Bovendien was ze erachter gekomen dat het fotograferen haar nog iets had bezorgd waar ze niet echt naar op zoek was geweest maar wat toch mooi meegenomen was, namelijk een handzame, gestroomlijnde zelfbeheersing. Als ze dan niet Londen of Ingmar Booy onder de duim had weten te houden, dan toch zichzelf! Want wanneer was het tijdens die stille zondagmiddag precies geweest dat het, wat haar betrof, uit de hand was gelopen? Juist, in het spookhuis, toen ze de pocketcamera had moeten afgeven aan de caissière. Fotograferen is ordenen en ordening van de wereld ligt ten grondslag aan de zelfbeheersing. Dit dacht Adriënne en wat ze ook dacht was: zo zie je maar weer.

Tja, die zelfbeheersing. Misschien was het bijgelovig om de pocketcamera erbij te halen en was het wel het begin van een cynische vergoddelijking, zoals dat het geval was met haar cursusleider. Het kon haar eigenlijk niet zoveel schelen. En waarom dacht ze na over zoiets als zelfbeheersing? Ze was immers verliefd op die kleine grote Ingmar Booy en verliefde mensen denken niet aan zelfbeheersing maar juist aan het tegendeel ervan, ze voelen een weergaloze spanning – de koele prikkeling in de bovenarmen – en vinden zichzelf waaghalzen. Ik gooi een steen door de ruit en ren niet weg, blijf gewoon staan. De zorgvuldig opgeslagen zekerheden ('ik ben geduldig, ik heb verstand van kunst, ik ben veilig omdat ik beschik over voldoende zelfbescherming') tellen niet meer, iemand die verliefd is laat ze voor wat ze zijn want later, wanneer het weer geoorloofd is, komt alles wel op de ongekunstelde pootjes terecht. Verliefde mensen zijn goklustig, ze spelen zichzelf uit. Verliefde mensen bedienen zich van een reguleerbare spanning, als kinderen houden ze zich voor dat er juist niets meer te regelen valt: ik hang aan de parachute en wacht op niets anders dan het gras onder mijn tintelvoeten.

Adriënne was dan wel uit het vliegtuig gesprongen maar bungelde inmiddels met haar parachute aan een kalm zwiepende boomtak. Zelfbeheersing. Matheid. Teleurstelling. De teleurstelling dat meneer en mevrouw Rafferty aanmerkingen hadden, dat ze nog bestónden; de teleurstelling dat er overal gewerkt werd en dat ook zij moest werken, bij de Rafferty's, in de filmstudio. Jawel, Adriënne was teleurgesteld dat er niets, helemaal niets was veranderd nadat ze op het spijkerharde matras van Ingmar Booy gelegen had en had gelachen, gelachen. Siewald bijvoorbeeld was druk doende allerlei organisatorische rotklusjes op te knappen (opstelling van het contract met de platenmaatschappij, het inhuren van complete modellenbureaus en niet te vergeten het regelen van de facilitaire rompslomp) en Ingmar Booy had nu al last van wat hij maar gemakshalve plankenkoorts had genoemd, maar probeerde Siewald desondanks zoveel mogelijk te helpen. Terwijl de broertjes zich uitsloofden en het, ieder op de eigen wijze, razend druk hadden, had zij niets anders om handen dan onbekommerd te peinzen over de wrijvingen met de Rafferty's, de tips van de cursusleider en natuurlijk over zelfbeheersing, matheid en teleurstellingen. Nog twee dagen, dacht ze, en ik word gefilmd door Siewald. Nog drie weken en Ingmar Booy is weer in Amsterdam. Nog vierentwintig foto's en ik heb mezelf in de houdgreep.

Adriënne had zin om te gaan huilen als iemand die veel geleden heeft. Er was iets nodig om de aandacht vast te houden, een bescheiden plan of zo. Ja, ze moest iets gaan doen met Ingmar Booy morgen, de laatste dag voor Siewalds twee weken durend filmfeestje. De Tate Gallery, dat was een goed idee. Een monnik en een toverheks in een museum. Adriënne glimlachte, keek naar haar kapstok in de hoek van de zolderkamer – en plotseling schaamde ze zich dat ze zich zoveel keer een filmcamera had voorgesteld, het was alsof iemand haar in haar fantasietje had betrapt. Wie? – Siewald natuurlijk, want die komt overal onverwacht binnenlopen. Maar Siewald kwam haar zolderkamertje niet binnenlopen en ook hoorde ze niemand van de Rafferty's de trap opkomen en Adriënne dacht: kunst, is dat nou wel nodig? Zoals wel vaker kreeg ze zonder duidelijke reden ineens een hartgrondige hekel aan boeken, schilderijen, films (de kapstok), alsof al die makers van al die kunstwerken hun belofte, hun persoonlijk aan haar afgelegde belofte, niet waren nagekomen. 'Kunst belooft ons het een en ander en belofte maakt schuld.' Zo, Adriënne was trots op deze zelfverzonnen slogan.

Een hartgrondige hekel aan kunst – als was het allemaal niet meer dan een eeuwenoude en altijddurende cursus bloemschikken waarvoor niemand ooit een diploma of zelfs maar een deelcertificaat had gehaald of wenste te behalen. Opnieuw glimlachte Adriënne. Natuurlijk glimlachte ze. Ze wist immers: zo dadelijk of anders morgen wel zou ze over dit alles er weer een heel andere mening op na houden, zoals over zoveel dingen – want plezierige onstandvastigheid, dat is ook iets wat is voorbehouden aan verliefde mensen. O, vast en zeker zou ze morgen met Ingmar Booy niet een uit de krachten gegroeide bloembak maar gewoon de Tate Gallery bezoeken.

7

Toen Ingmar Booy samen met Siewald en Adriënne door de saaie Vauxhall Bridge Road slenterde, had hij het gevoel nooit te zijn weg geweest uit waar je nog nooit bent geweest. De hoge, meest vierkante kantoren, logger en ook veel meer gehavend dan in Amsterdam; de slecht geklede employés met de flinterdunne aktetasjes in de rechterhand en de *Guardian* onder de rechterarm geklemd, die zich geen van allen lijken te storen aan het troepje halfdronken en luidruchtige punks (een zeldzaam straatbeeld in deze stad, luidruchtige mensen, zelfs wanneer het weerbarstige, geroutineerd-verveelde punkjongeren betreft) – alles om hem heen verschafte Ingmar Booy de zekerheid dat wat hij zag in geen geval nieuw was. Hij hoorde bij dit alles – sterker nog: dit alles hoorde bij hem, alsof die hele straat met gonzend stadsverkeer, zorgvuldig gehaaste wandelaars en logge kantoorgebouwen de straat was waarin hij was opgegroeid – een andere verklaring kon hij niet zo gauw vinden voor zijn wonderlijke, enigszins bedwelmde gewaarwording.

Maar Ingmar Booy riep zichzelf tot de orde. Niet als een toerist maar als een pas vrijgelaten gevangene – een huurmoordenaar of zo, dacht hij geamuseerd – wandelde hij een stukje voor Siewald en Adriënne uit, richting Millbank, de meestal razend drukke en evenzo saaie weg aan welke de Tate Gallery is te vinden. Adriënne's voorstel het museum te bezoeken was ook bij Siewald in goede aarde gevallen. Een dagje ontspanning zo vlak voor de filmklus was hem zeer welkom, zo had hij verklaard – en daarmee was, wat hem betrof, zijn deelname aan het uitstapje geregeld. Hij wist dan ook niets van het telefoongesprek nadien tussen Ingmar Booy en Adriënne.

'Ingmar, ik wil nog een dagje naar de stad met jou alleen, daar heb ik Siewald niet bij nodig.'

'Oké, maar wat moet ik hem dan zeggen, moet ik dan zeggen dat jij niet wilt dat hij meegaat?'

'Ach! Je begrijpt het toch wel? Na morgen kunnen we niet meer zomaar weg, Ingmar. Die broer van jou, die is dan de hele dag om ons heen, en hij niet alleen trouwens. Of wil je niet met mij alleen naar de stad?'

'Natuurlijk wil ik dat wel! Maar je hebt toch niets tegen Siewald of zo?'

Het was vreselijk. Zeker, het meningsverschil was overduidelijk, maar beiden hadden tijdens het zogenaamd beslechten ervan het idee gehad niet meer te hebben volbracht dan het opzeggen van een veel te gemakkelijk taallesje, een plichtmatige opeenvolging van harkerige zinnen – alsof ze ineens elkaars ouders waren geworden. Ik ken hem niet, had Adriënne gedacht. Een toverheks met een vreemde, hoge stem zit er in mijn telefoon – heb ik om hem gegild, in dat spookhuis? En Ingmar Booy had schaamte gevoeld, een nadrukkelijke, plompe schaamte. O natuurlijk, de ander laat boeren en winden, heeft last van mondgeur en van roos, maar zulk soort constateringen waren van een andere orde dan die zich tijdens het telefoongesprek had aangediend. Met de ander moet ook onderhandeld worden! En het laatste wat Ingmar Booy wenste was te onderhandelen met het leuke, vreemde Nederlandse meisje dat binnen twee weken tijd zijn lichaam had doorzocht alsof het van haarzelf was.

Het telefoongesprek was moeizaam verlopen. Uiteindelijk hadden ze elkaar niets meer durven zeggen, uit angst de ander nog meer teleur te stellen. Beiden hadden hun hoop gevestigd op een onuitgesproken, eenstemmige onderstroom – en beiden waren die onderstroom alweer vergeten toen zij samen met Siewald, die als gevolg van zijn zakelijke spanningen nog meer, nog sneller praatte dan anders, langs de Theems wandelden, op weg naar de Tate Gallery.

Zoals bekend is Engeland nooit een broeinest van getalenteerde beeldende kunstenaars geweest, maar deze zomer, de zomer van de zondagskrant, het spookhuis en de videoclip was er, naast de opstelling van de eigen collectie, een grote overzichtstentoonstelling te zien van een Engelsman van allure, Francis Bacon. 'Hompen vlees, afgewisseld door verwrongen gezichten en andere gruweldingen, dat is toch niets voor een verliefd stelletje! Nee, wij gaan langs de gewone spullen, even een paar eeuwen kunst wegkauwen,' had Siewald besloten. Adriënne liet haar handtas met daarin de pocketcamera doorzoeken door een vriendelijke suppoost ('Bombs: be alert' was de slogan waarvan de Britten zich, na een grootscheepse campagne, bedienden) en toen zij ook hun jassen hadden afgegeven, konden zij het museum binnen. Geruisloos en onwennig liep het verliefde stelletje langs de sculpturen en de schilderijen, bevreesd elkaar hun afkeer of bewondering te laten blijken. Ingmar Booy, die nooit een hartgrondige hekel aan kunst had gehad omdat hij er nooit zielsveel van had gehouden, luisterde naar Siewald, die tekst en uitleg gaf bij sommige kunstwerken, en keek af en toe tersluiks naar Adriënne. Totdat hij schrok van de haast lichtgevende magie van een schilderij van iemand die J. M. W. Turner heette. Hij stond voor *Norham Castle* en zijn handen waren koel en vochtig. Die handen, waar moet hij met zijn handen naartoe?

Siewald zweeg en Adriënne kuchte. Een vergezicht van een lijvig kasteel, gehuld in een oplichtende, verblindende mist. Een Engelsman, las Ingmar Booy. Een vederlicht vergezicht, klaterend. En hij was benieuwd naar hoe Adrienne's zolderkamertje er nu eigenlijk uitzag – ongetwijfeld schraal en donkerkleurig, zoals alle Engelse zolderkamertjes. Ingmar Booy stelde zich voor hoe een soortgelijke mist als op het schilderij haar kamertje zou omtoveren in een reusachtige parel, een glimwitte cocon. Adriënne in zo een licht, haar lichaam in zo een licht.

Siewald tikte hem op de schouder.

'Niet meer dan een curiositeit, die Turner. Zo'n beetje Engelands trots, maar eigenlijk een soort omhooggevallen pre-impressionist. Kom.'

Schilderijen dus. Matisse, Dali, Picasso, Braque. Poeh! Siewald vertelde, meende te moeten vertellen. Adriënne deed of ze luisterde en Ingmar Booy werd onrustig. Te veel. Het waren er te veel. Onwillekeurig versnelde hij zijn pas, mompelde wat vage excuses toen hij opbotste tegen een voortschuifelend echtpaar – Amerikanen, zo bleek uit hun verontwaardigd gekraai – en stond daarna oog in oog met het tweede werk dat hem deed schrikken en van zijn stuk bracht. Werkelijk, schrok Ingmar Booy van een schilderij? Het overkwam hem wel eens dat hij schrok bij de gedachte beroofd te zijn van zijn paspoort, portefeuille, cheques. Een razendsnelle greep in de binnenzak van zijn leren jas; de opluchting, het warme kapseizen in zijn maag, want hij was niets kwijt. Dit alles voltrekt zich gewoonlijk zo snel dat schrik en opluchting nauwelijks van elkaar te onderscheiden zijn; de hartenklop in de keel en de warme beweging in de maag vervloeien tot een inwendige stroomschok, een gloeiend pistoolschot, gericht op het middenrif. Dit keer, terwijl hij staarde naar de bedrijvigheid op een groot en rozerood schip waaromheen zich allerlei andere schepen en scheepjes bevonden, ging het pistool opnieuw af en blééf afgaan. Neem nu eens de Tower Bridge, op de achtergrond: een mooie, vaalgroene schim is het, een klerenhanger met nog net zichtbaar de schouderbandjes van een zeegroen jurkje – díé vorm had de brug verkregen. *The pool of London* van André Derain. Het schilderij friste hem op, als was hij een oude kennis tegen het lijf gelopen. Ingmar Booy was er zeker van dat dit rozerode Londen op het schilderij tevens het Londen moest zijn dat hij samen met Adriënne had gezien tijdens hun lange, vormeloze wandelingen. En hij sloeg zijn ogen neer want er liepen allerlei bezoekers langs hem van wie hij dacht dat ze hem op zijn overpeinzingen zouden kunnen betrappen.

Siewald en Adriënne kwamen naast hem staan.

'Kijk,' zei Ingmar Booy, 'dit hier heet *The pool of London*. Het lijkt net of de Theems een kinderbadje is geworden.' Hij zei maar niets over de Tower Bridge en de klerenhanger want Siewald keek hem verbaasd, ja zelfs een beetje beledigd aan.

'Derain was een fauvist, Ingmar! Les fauves, l'espace spirituel. Werken met ongemengde verf en zo, dat soort dingen. Beestachtig, zo vond men indertijd. Ik denk niet dat Derain een kinderbadje heeft willen schilderen.'

Men keek naar hen. Verstoorde Engelsen, opzichtig verbaasde Amerikanen. Het was ook wel wat dwaas, twee *foreigners*, in een hard en hakkend taaltje vlak bij een zacht en bijna vloeibaar schilderij. Engelsen schijnen een taal als het Hongaars op het eerste gehoor totaal niet van het Nederlands te kunnen onderscheiden. Zeker gezien de ongewone snelheid waarmee de beide broers gewoon waren te praten, moest dit korte tweegesprek voor de Engelstalige passanten hebben geklonken als een schoksgewijs gegrom – zoals de meeste Nederlanders het Hongaars misschien vinden klinken. Ingmar Booy stond er een beetje bedremmeld bij – totdat Adriënne zich lichtjes vooroverboog naar het schilderij en begon te praten, niet hard, niet hakkend.

'Nee, het is geen kinderbadje,' zei ze, 'het is een speelvijver waar je bootjes kunt huren of misschien wel waterfietsen. Beestachtig? Wij vinden de rock-'n-rolluitspattingen van de Rolling Stones uit pakweg vierenzestig nu maar wat koddig en soms zelfs vertederend. Tijd maakt van een kunstwerk een soort diabolo, dat moet jij toch weten, Siewald.'

Had Adriënne dit gezegd? – Niet opnieuw was Ingmar Booy de vijftigduizendste klant, natuurlijk niet; dit keer was zijn verrassing ongeveer als de opgewekte verbazing bij het bij de kassa verkrijgen van een gratis pakje sigaretten. Maar toch: geheel onverwacht had Adriënne zijn broer van repliek gediend!

Opgelucht keek Ingmar Booy in haar richting, bemerkte haar verstrakte oogopslag en realiseerde zich toen hoeveel moeite het voor haar geweest moest zijn om moeiteloos te zeggen wat ze moeiteloos had gezegd. Ze was niet bang van Siewald. Ze was bang van hen samen. Ja, Adriënne was erachter gekomen dat de aanblik van hen samen haar schrik aanjoeg, alsof hun beider aanwezigheid iets tot gevolg had wat zij maar moeilijk aankon. Toen hij haar er kort tevoren voorzichtig naar had gevraagd, had ze geprikkeld gereageerd. 'Het is een beetje beschamend om te zeggen, maar soms ben ik wel bang, ja. Het contrast is te groot. Het klopt niet.'

Het klopt niet. Ingmar Booy bestudeerde heimelijk zijn mokkende broer, die het kennelijk maar beter vond om Adriënne niet tegen te spreken. Hij bestudeerde heimelijk zijn vriendinnetje, bij wie zich lichte schokjes in de buurt van haar mondhoeken vertoonden. Nee, twee weken in een studio voor een filmpje, dat was niet niks. Ingmar Booy keek nog maar eens naar het rozerode stadsgezicht van André Derain, lachte kort en zei toen: 'Zo ziet Londen er nu eenmaal uit, Siewald. Het is een kinderbadje, echt.'

'Ja, ja,' antwoordde Siewald gehaast. 'We moeten maar even wat koffie gaan drinken.'

8

Adriënne had nog geopperd om alsnog de hompen vlees en de verwrongen gezichten van Francis Bacon te bekijken, maar nee, koffie drinken was echt een veel beter idee, verzekerde Siewald, en dus daalden zij gedrieën een lichte, brede trap af, liepen langs de toiletten en kwamen ten slotte terecht in een onooglijke en bedompte ruimte die meer deed denken aan een slecht ingerichte pub in een of andere buitenwijk dan aan het restaurant van een beroemd en indrukwekkend museum. Of eigenlijk leek het nog meer op een weggestopte kantine van een middelgroot kantoor, met die foeilelijke bruinlederen bank die als een grote slang door de ruimte kronkelde, en niet te vergeten het sterk vergeelde plafond dat op schuilkelderhoogte boven de museumbezoekers hing. En hoewel geen van drieën vertrouwen had in de kwaliteit ervan, bestelden zij toch ieder een kop koffie, alvorens een plekje te zoeken op de gladde en tegelijkertijd zo blubberige bank.

Siewald stak een sigaret op en staarde onverschillig naar zijn handen. Nonchalance was het beste, wist hij. Morgen zou er gefilmd worden, en dus had hij nodig: nonchalance, matheid en vooral géén vragen. (Vragen, wat voor vragen dan? – Wat moet ik eigenlijk met die twee aan? Dien ik iets te bewijzen met deze clip, en zo ja aan wie? Is Adriënne wel een geschikte kandidaat, is ze niet te doordeweeks of juist niet doordeweeks genoeg, hoe zien haar ogen er eigenlijk uit en hoe klein mogen haar jurkjes zijn, ja, welk deel van haar borsten, benen en billen mag precies worden getoond aan de clipkijker? Wat ziet zij toch in dat broertje van me?) Siewald wist wel dat hij zelf, zoals iedereen met hersens en een levendige fantasie, zijn beste en vernuftigste psychoanalyticus was, en dacht aan zijn opwelling om Adriënne en Ingmar Booy een hoofdrol te geven. Waarom had hij vastgehouden aan die inval? Aha, vragen! – hij moest gewoon zijn koffie drinken en zijn sigaretje roken en zijn toekomstige acteurtjes nog eens lief aankijken.

Adriënne. Siewald kon er niets aan doen, maar als hij naar haar keek, dacht hij haar ergens op te betrappen, alsof ze telkens een lakentje over zich heen wilde trekken. Ongetwijfeld voelde zij zich ver verheven boven hem, boven die grote broer met praatjes, zo wist Siewald – en omdat hij daar zeker van was, was het dan weer aan hem om zich op zijn beurt superieur te wanen. Siewald liet zuchtend zijn hoofd zakken, een ongewoon theatraal gebaar voor zijn doen. Tja, dan toch nog gewriemel aan het eigen psychologisch bouwpakket. Een bouwpakket. Soms sloot hij zijn ogen en zag hij zichzelf bezig, bezig met clips, bezig met een carrière. Als hij aan zichzelf dacht dan deed hij maar wat aan introspectieve modelbouw. Kijk eens hier, mijn ikje op schaal! Angstjes die echt kunnen verlammen, allerlei driften die ook net echt zijn. Bouwpakketten. Voor Siewald stond introspectie gelijk aan burgermansgeknutsel.

De aanhoudende stilte deed het groezelige plafond nog lager hangen; Siewald was verdiept in een van zijn gebruiksaanwijzingen voor een ikje op schaal, zodat hij niet merkte dat Ingmar Booy en Adriënne, door middel van korte hoofdknikjes, hun ongemak aan elkaar kenbaar maakten.

'Zeg Siewald,' begon Adriënne uiteindelijk – ze had de koffie tegen haar zin opgedronken, ze werd lastiggevallen door schimmige flitsen van spookhuisjes (nee, het spookhuis), warrige krantenkoppen (nee, de zondagskrant) en allerlei lichamen (nee, dat van Ingmar Booy); ze kon zich niet zo goed concentreren, verdomme, waarom kreeg ze het ineens zo benauwd hier? Ze wroette met haar handen door haar kort en weerbarstig haar.

'Zeg, Siewald, je weet toch dat ik van plan ben een fotoserie te gaan maken tijdens het maken van het filmpje?'

Bouwpakketjes zijn kinderachtig en ridicuul. Het in elkaar zetten is meestal dodelijk vervelend en zenuwslopend tegelijk, en ermee spelen kan je niet – daarom was het dat Siewald, tegelijk met het dumpen van zijn 'speelgoed', zijn sigaret liet vallen en Adriënne ontstemd opnam.

'Nee, dat weet ik niet en jij weet natuurlijk dat ik dat niet weet.'

Hij was oprecht verontwaardigd. Het bracht Adriënne van haar stuk. Ach, dan moest het toch maar gebeuren: vragen. Wilde hij dat Adriënne foto's zou nemen? Nee. Was het zaak haar vriendelijk te (blijven) bejegenen, gezien hun samenwerking? Ja, natuurlijk. Dus die foto's, daar kon hij niet onderuit? Nee dus. – Hij probeerde zich Adriënne voor te stellen met een fototoestel voor het gezicht. Was ze werkelijk zo goed als Ingmar beweerde? Het leek hem een ergerlijke ongerijmdheid haar te zien rondlopen als fotografe terwijl ze toch in dienst moest staan van hém. Maar kom, probeer het prettig te houden.

'Maar nu weet ik het dus, Adriënne,' zei hij en ronselde een glimlach. Zo joviaal mogelijk stelde hij voor ergens te gaan eten.

9

Toen hij acht jaar oud was, logeerde Ingmar Booy vaak bij zijn peetoom en -tante. Zij hadden een mooie, altijd zonnige bungalow waar hij door heuse gangen kon lopen en kon rennen, en bovendien de mogelijkheid had om allerlei gladde, suikerwitte deuren open en weer dicht te doen. Die sensatie nam af toen hij eens de deur naar de rommelkamer had geopend. Inderdaad, er lag rommel – troep, dozen, lege verfpotten, oude tijdschriften, stof, bezoedeling. Het gevoel van toen, iets gezien te hebben wat ook best mocht worden gezien (want oom en tante hadden geen geheimen voor hem) maar wat hem toch had opgezadeld met een vage schuld – dat gevoel herinnerde Ingmar Booy zich toen hij het restaurant uit liep, de trap op, terug naar de indrukwekkende hoofdgang van het museum. Hij vertelde erover aan Siewald en Adriënne, maar geen van beiden luisterde. Siewald dacht aan Adriënne's plannen om te gaan fotograferen tijdens de opnamen van de clip en Adriënne onderbrak hem met het voorstel toch nog even naar de tentoonstelling van Francis Bacon te gaan. Voor een derde maal reageerde Siewald afwijzend en zei haar dat al die hompen vlees alleen maar de eetlust zouden bederven. Daarop haastte Adriënne zich naar de museumshop en kocht een mapje met acht ansichtkaarten van de schilder.

Toen ze voor de tweede keer die dag over de Vauxhall Bridge Road wandelden, ditmaal in de richting van het metrostation, bekeek Adriënne haar ansichten en voor ze het wist vertraagde ze haar pas. Hompen vlees, verwrongen gezichten en andere gruweldingen – het was dus waar, dacht zij, maar afstotend waren de afbeeldingen niet. Integendeel, het was de zuiverheid, de duidelijk te bespeuren luciditeit van de schilderijen die haar haar pas had doen vertragen.

Achter in het mapje zat een opgevouwen informatiestencil. 'Francis Bacon has sought "to trap reality" with the greatest possible intensity without falling into illustration.' To trap reality! Een lucide schilder met een valstrik, bestemd voor de werkelijkheid. Onmiddellijk zocht Adriënne naar het briefje van de cursusleider en ja, daar stond het: '...de werkelijkheid wordt in de houdgreep genomen'. Waarom had Siewald hun de tentoonstelling onthouden? Siewald, die zich morgen van een houdgreep zou bedienen, had niet naar de schilderijen gewild die geen houdgrepen maar regelrechte valstrikken waren. Of schoof ze hem nu misschien een lafheid in de schoenen waarvan hij zich niet bewust was?

Ingmar Booy riep haar naam. Adriënne stond inmiddels

stil in die drukke, saaie straat, met acht kleine valstrikken in haar hand. Ingmar Booy draaide zich om en liep op haar toe. Ze dacht dat hij haar hand wilde vatten maar hij wees naar de overkant van de straat.

'Kijk,' zei Ingmar Booy, 'die punks zitten daar nog steeds. Ze maken geen lawaai meer. Ze zitten daar maar, zomaar tegen een muurtje.'

Adriënne keek en haar besluit stond vast. Ze haalde haar pocketcamera te voorschijn.

'Jij moet een foto van mij maken als ik zo meteen tussen hen in sta,' gebood ze, en ze rende de weg op, schoot als een mot tussen de claxonnerende auto's door. Ingmar Booy aarzelde; ze poseerde niet eens. In plaats daarvan sprak ze een van de punkers aan, een dikke jongen met een oranjerode hanenkam en tatoeages bij de slapen. Nog harder dan zo-even leek het verkeer voorbij te razen, als wilden al die automobilisten zich wreken op de fladderende mot die levend de overkant had weten te halen. Ingmar Booy hoorde niet hoe Adriënne helder en luid aan de hanenkam vroeg: 'Heb jij misschien belangstelling voor hompen vlees, verwrongen gezichten en andere gruweldingen? Ik ga namelijk met die jongen daar' – ze wees niet, maar wapperde met haar hand naar Ingmar Booy – 'de hoofdrol spelen in een videoclip.'

Natuurlijk begreep de dikke jongen er niets van. Wat wilde Adriënne ook eigenlijk? Wat ze wilde was: nonchalance. Niet de nonchalance zoals die van Siewald wilde ze verkrijgen, nee, ze wilde een beweeglijke gemakzucht. Ingmar Booy had zijn zondagskrant van de hand gedaan aan een oude neger, om met haar naar de kermis te gaan, en haar wens was de ansichtkaarten rond te delen, om met Ingmar Booy naar de filmstudio te gaan. Hij moest haar fotograferen. Zou hij haar dan onder de duim hebben? Daar dacht Adriënne geen moment aan, en terecht, want haar handelingen waren snel en zuiver. Ingmar Booy moest enkel naar haar kijken en zijn blik moest controleerbaar zijn – de foto.

De dikke jongen met de hanenkam en de twee tatoeages gluurde verbaasd naar – nee, niet naar Adriënne. Hij had haar gehoord en hij gluurde verbaasd langs haar heen, als had zij hem zojuist verdriet gedaan. Toen, met de snelheid van een klap in een gezicht, verschoot zijn mond tot een brede, scheve grijns. Giechelend stak hij zijn hand uit. Adriënne overhandigde hem de ansichtkaarten en liep weg, om opnieuw tussen de langsstuivende auto's door te fladderen, als een mot, maar meer nog als een meisje dat haar liefde voor een jongen had bewezen door het weggeven van acht ansichtkaarten die stuk voor stuk valstrikken voor de werkelijkheid waren. Werkelijkheid, dat was waar Ingmar Booy en zij op moesten gaan lijken, wist Adriënne.

10

In Buenos Aires staat het Coliseo-theater, en op 1 juli 1977 hield de toen zevenenzeventigjarige Jorge Luis Borges daar een lezing. Over de nachtmerrie, waarin hij onder andere vertelde dat Shakespeare het woord nachtmerrie interpreteerde als 'de merrie van de nacht'. 'I met the nightmare', 'Ik ontmoette de merrie van de nacht,' schijnt deze ergens geschreven te hebben, zo ook de zinsnede 'the nightmare and her nine foals', 'de nachtmerrie en haar negen veulens'. De Nederlandse etymologie toont ons echter een andere, meer aannemelijke betekenis: nachtmerrie komt van het Middelnederlandse 'nachtmare', en een 'mare' is een kwelgeest. Feit is echter dat Adriënne, nadat zij 's avonds laat door Ingmar Booy was thuisgebracht, zo snel mogelijk naar bed was gegaan en zich vervolgens in haar slaap wel degelijk vergalappeerde. Er is geen woord dat meer op zijn plaats is voor het krachtig schudden met haar hoofd en het schoksgewijs spartelen van haar warme, slapende lichaam dan het onhandige 'vergalopperen'. Haar nachtmerrie was niet schimmig en caleidoscopisch maar expliciet en onveranderlijk – het soort dat in de regel het meest afschrikwekkend is. Adrienne sliep en was zwanger. Ze liep in straten en raamloze gangen, over pleinen en droomgroene weidevelden. Verdomd, ze was zwanger! In feite deed de locatie niet ter zake, overal waar ze kwam zwol haar buik met een onrustbarende snelheid, haar lichaam vervormde zo hevig dat het leek alsof er wel tien of vijftien geboortegrage embryo's zich in haar roerden. Haar ingewanden werden vermalen en uiteengereten door het veelkoppige leven dat zich uit haar schoot wenste te persen. Niets was er over van het slanke en soepele lichaam waar ze zo van had gehouden. Ze was zwanger en blééf het, haar hele nachtmerrie lang. Het bracht haar tot razernij, ze sloeg en schopte de dekens van zich af en werd maar niet wakker. Nee, haar slaap werd beëindigd volgens het boekje; ze werd pas wakker toen de wekker afliep. Reutelend en ongeïnteresseerd, zo klonk volgens Adriënne het kalme gerinkel.

Het was half acht. Na de uitputtende zwangerschap hadden zich nog twee kortdurende dromen aangediend (om precies te zijn had ze, over de gehele nacht genomen en afgezien van de nachtmerrie, negen dromen gedroomd), maar Adriënne herinnerde zich alleen maar die dwaze zwangerschap. Een horoscoop of 'officiële droomuitlegger' had ze in het geheel niet nodig, zo wist zij; zó helder en onomwonden was haar angstdroom geweest, dat het was alsof iemand hem haar had bezorgd, iemand die af wist van haar angst.

Adriënne houdt van zichzelf. Ze doet recht aan haar lichaam want ze beheert het met een wellevende ernst. Nooit eerder was ze zo bang geweest, onder de douche of alleen in bed. Had ze dan nog nooit eerder last gehad van zoiets als nachtmerries, vergalopperingen? Ach, natuurlijk wel, maar nog nooit eerder was er zo op haar ingehamerd, had een droom zich te goed gedaan aan wat zich bevond in de mistige gevarenzone, gelegen tussen de meisjesachtige zelfkwelling (het tegen wil en dank koketteren met de dwangvoorstelling) en de gerijpte, afgepeigerde wanhoop, – aan haar angst voor verminking.

11

Al vaak had hij zich er een voorstelling van proberen te maken, maar nu Ingmar Booy zijn broer dan werkelijk in actie zag als regisseur van een heuse videoclip, stond hij sprakeloos te staren naar de niet aflatende bedrijvigheid die het gevolg was van Siewalds instructies. Er waren een script, een draaiboek en een stortvloed van aanvullende stencils. Er waren steeds verschillende wolken van lamplicht, een ratjetoe van grote, kleine, sobere en bontgekleurde decors. Er waren niet te vergeten de af en aan rennende mensen van wie Ingmar Booy maar niet wist te achterhalen wat zij nu precies tot taak hadden. Dit alles bezag hij met een ongeveinsde bewondering. Het leek allemaal nog het meest op een in scène gezette chaos, bedoeld om vastgelegd te worden door een wérkelijke filmploeg die bezig was met een of ander spektakelstuk, spelend achter de schermen van de filmindustrie – een sprookjesachtig onderwerp voor een film. Maar dat was natuurlijk niet juist want het was geen verbeelding, wist Ingmar Booy, er werden enkel voorbereidingen getroffen om verbeelding te creëren.

Het enige wat hem tegenviel was de ruimte. De opnamestudio was klein, om niet te zeggen minuscuul, benauwd en onooglijk. Kleedruimtes, vergaderzaal en kantine ontbraken; alles diende zich af te spelen in de opnamestudio zelf – een voor Siewald soms onwerkbare situatie, gezien zijn heetgebakerde uitvallen. En het werd steeds benauwder. Grote vrachtauto's bezorgden tot drie keer toe complete decors van andere filmpjes (decors die misschien al voor zo'n vier, vijf clips waren gebruikt) en ook dat moest allemaal worden ondergebracht in het gebouw. Het studiotje was gezamenlijk eigendom van een aantal platenmaatschappijen, zo had Ingmar Booy begrepen. Honderden clips waren er reeds opgenomen – een wetenswaardigheid die hem in verwarring had gebracht. Waarin verschilde Siewalds clip eigenlijk van al die andere razendknap gefilmde... – spots? Natuurlijk, Siewald maakte wel degelijk de zogenaamde 'betere' clip, niet zo'n doordeweeks gevalletje met alleen maar zongebruinde dijbenen, onpeilbare oogopslagen en dreigende rookwolken. Maar toch: was het werkelijk zo bijzonder, het maken van zo'n vijf minuten durend filmpje? En die hoofdrol van hem, kon je dat zien als... als laten we zeggen een opzienbarende gebeurtenis?

Ingmar Booy keek rond, negeerde zijn twijfels en bewonderde opnieuw. Siewald werkte hard. Er waren moeilijkheden, had Ingmar Booy vernomen, financiële moeilijkheden. De productiemaatschappij waarbij Siewald in dienst was, was het op het allerlaatste moment niet eens geworden met de opdrachtgever, de platenfirma, over de uiteindelijke kosten van de clip. Het collectief dat het tekenfilmpje zou leveren was reeds lang en breed aan het werk, zodat daar niet meer op kon worden beknibbeld. Terwijl er nog werd onderhandeld, moesten de opnamen gewoon beginnen, daar waren beide partijen het over eens. Het gevolg was echter dat Siewald telkens aan de telefoon werd geroepen om uitleg te geven over het globale budget. Het maakte hem nog nerveuzer, geprikkelder dan hij al was. Siewald liet decors opbouwen en weer afbreken, figuranten werden afgesnauwd of zelfs weggestuurd en ook zijn naaste medewerkers moesten het soms ontgelden – en dat terwijl er nog geen moment was gefilmd. 'Voorbereiden, jongen, voorbereiden,' had Siewald gehaast gemompeld, 'daar staat of valt een film mee.'

Het voltrok zich haast onmerkbaar en bovendien kostte het Ingmar Booy enige moeite om het te onderkennen, maar hij begon zich een beetje te vervelen. Misschien kwam het door de muziek. Onophoudelijk en zonder aanwijsbare reden klonk het lied waar het uiteindelijk allemaal om ging of hoorde te gaan, de toekomstige hitsingle 'Genetic engineering', uit de vier luidsprekers die vroeg in de ochtend waren geïnstalleerd. Waarom, vroeg Ingmar Booy zich af, die muziek? Ging het dan niet puur om het te maken beeld? Zou het hele filmpje echt worden opgenomen met die loeiharde single uit de luidsprekers? 'Genetic engineering makes life a big salvation, genetic engineering, it's the whole communication.' – Nee, die tekst was niet bijster avontuurlijk, vond hij, maar het deuntje, dat was wel degelijk geraffineerd en zelfs aanstekelijk. Floot hij niet af en toe mee met het refrein?

Van een van de figuranten kreeg hij wat informatie. Ten eerste lag het zaaltje helemaal niet aan de rand van de stad, zoals hij had aangenomen, maar er juist middenin, vlak bij de markt van Covent Garden (Siewald had de beschikking gekregen over een 'dienstauto', een gerieflijke Ford, waarmee hij, met zijn twee hoofdrolspelers op de achterbank, behendig de stad had doorkruist, op weg naar de studio); ten tweede had het gebouw tot voor kort dienst gedaan als oefenruimte voor allerlei balletgezelschappen, totdat een stuk of wat platenfirma's het voor een veel te hoog bedrag hadden opgekocht. Dit laatste was onder druk van de verschillende filmbureaus en productiemaatschappijen gebeurd, die hun werknemers moeilijk voor iedere clip naar een of andere leegstaande loods konden sturen. De figurante, een spraakzame en al wat oudere mevrouw met een benig gezicht en beweeglijke ogen, had zich ingeschreven voor zoveel mogelijk klusjes, 'a lot of funny trifles', enkel en alleen om de immer op de loer liggende verveling een hak te zetten, zo vertelde ze opgewekt. In het door talloze decors tot leven geroepen lusthof van Reich, of eigenlijk dat van Siewald, zou zij een huppelende struisvogel spelen, waarvoor ze zich in een veelkleurig en nogal psychedelisch kostuum zou moeten hijsen. Nee, niet een van haar leukste rolletjes, beaamde de mevrouw giechelend, maar veel meer ergerde ze zich aan de afwezigheid van kleedruimtes en wasgelegenheden, vertrouwde ze Ingmar Booy toe. Nu moest alles gebeuren achter een wel heel armoedig gordijn, inderhaast aangebracht door twee mopperende meisjes.

De verveling een hak zetten. Ingmar Booy en de mevrouw hadden erom moeten lachen want alletwee verveelden ze zich – met dit verschil dat de mevrouw tenminste iets had doorgesproken met Siewald, zodat haar aanwezigheid niet geheel nutteloos was. Ook had ze zelfs wat geacteerd (langs decors gelopen), om de filmploeg in de gelegenheid te stellen om licht en camerastand te bepalen. Na afloop had ze Ingmar Booy gevraagd of ze het allemaal wel goed gedaan had – ja, het was wel een onbetekenende proefopname, maar toch!

Verveling. – Ingmar Booy bestudeerde het draaiboek en in het bijzonder zijn rol. Hij dronk thee met heel veel melk en at in de namiddag twee braadworsten. Hij wist niet wat komen zou en wachtte. Hoe voelt verveling aan? Iemand die zich verveelt voelt een lichte druk op de schouders en heeft wel eens de neiging om een beetje met beide armen te gaan zwaaien, langzaam, onnadrukkelijk. Het lichaam wordt niet zwaar en onhanteerbaar maar wel ongedurig en daarmee richtingloos. Iemand die zich verveelt voelt zichzelf heel vaak 'dolend'. Verveling kan, als men er eenmaal door is overvallen, maar moeilijk worden ontlopen; je komt er niet zomaar van af. En ook een vlucht voor de verveling is moeilijk. Wanhoop, ontreddering doet iemand vluchten, terwijl het 'dolen' alleen maar het gevolg is van verveling en ontevredenheid. Wie vaak ronddoolt, wordt door kwaadwillenden een zwerver genoemd en zwervers zijn mensen die nooit ergens aankomen. Vandaar dat de meeste mensen die last hebben van verveling daar ook zo váák last van hebben – want verveling, dat is zwerven in de kop.

Om eerlijk te zijn is ook Ingmar Booy iemand die zich vaak verveelt. Denk eraan dat hij, voordat hij Adriënne en haar pocketcamera had ontdekt, nogal lusteloos door Londen had geslenterd en ook hele middagen voor Siewalds televisie had gezeten, kijkend naar allerlei popprogramma's. En nu, in de drukbevolkte opnamestudio met de vele decors en de felle aan- en uitgaande lampen, had hij er opnieuw last van. De druk op de schouders, de onnadrukkelijke richtingloosheid: Ingmar Booy was vergeten dat hij kort tevoren nog gedacht had aan trampolines, om zijn geluksgevoel te kunnen accentueren. Het was alsof hij een te grote regenjas van iemand anders aan had, iemand die hij moest opzoeken, iemand van wie hij niet wist hoe hij of zij eruitzag. Iemand om bij aan te komen.

In het zaaltje klonk opnieuw de single en opnieuw floot Ingmar Booy onwillekeurig het refrein mee. Af en toe probeerde iemand, meestal Siewald, boven de muziek uit te schreeuwen. Er sprong een lamp en haast iedereen schrok. Het smeulde zelfs een beetje na, zag Ingmar Booy. Hij snoof. Zwerver, knoop je jas eens dicht! Ingmar Booy zwaaide maar eens wat met zijn beide armen en keek rond om te zien of de opgewekte struisvogelmevrouw misschien in de buurt was.

12

Maar was Adriënne er dan niet? Met haar in de buurt was er voor Ingmar Booy toch geen enkele reden voor verveling? Het leek wel of ze afgesproken hadden elkaar te ontlopen, zo zorgvuldig bleven zij de meeste tijd van elkaar vandaan. Ze waren veel samen geweest en hadden nooit ergens op hoeven wachten. Immers, wie niets nodig heeft, hoeft ook nergens op te wachten. Ruimte, tijd, die twee gedoodverfde potentaten worden doodeenvoudig ('een handomdraai') terzijde geschoven en met eenzelfde gemak wordt er nodeloosheid aangeschaft, het verlossend perpetuum mobile. Maar nu, in die studio vol bedrijvigheid moest er bijna de gehele dag worden gewacht en dat was haast net zo ontluisterend als onderhandelen per telefoon. En terwijl Ingmar Booy zich hulde in de te grote regenjas van iemand anders en ermee ronddoolde, excuseerde Adriënne zich door te fotograferen – althans, zij was op zoek naar taferelen die het fotograferen waard waren. Maar dat viel nogal tegen. Het enige wat haar aandacht had getrokken was de plotselinge stilte, de geconcentreerde roerloosheid van haast alle medewerkers van de filmploeg vlak voor de zogenaamde proefscène met de figuranten. Achter de camera's leek men zich te krommen, als om de aanval in te zetten. Action! Echt, het was spannend, vond Adriënne. Iedereen die, hoe zijdelings ook, iets te maken had met de opnamen, hield zich stil en wachtte – een kortstondig maar indrukwekkend tableau vivant dat een haast serene toewijding ten toon spreidde. Maar niet iets om te fotograferen, helaas. De beweginglosheid van de hele crew, Siewald inclus, was zo nadrukkelijk dat een foto ervan een gekunstelde indruk zou maken. Bovendien, zo voorzag Adriënne, zou een onverwacht en genieperig te noemen flitslichtje van haar toestel ergernis bij Siewald kunnen opwekken en in ieder geval schade doen aan de concentratie van de cameramensen. Ja, ze stelde het zich voor: Siewald zou haar gebelgd inlichten over haar stommiteit, en iets dergelijks was haar allerminst welkom. Voor Adriënne bleef het dus bij geduldig rondlopen, de pocketcamera niet in de aanslag maar wel binnen handbereik. Vervelen deed ze zich net niet, vanwege haar vage hoop ergens toch nog een – een 'plaatje te kunnen schieten', zoals Siewald het had uitgedrukt.

Dit alles betekende niet dat de twee hoofdrolspelers elkaar ook echt ontweken alsof ze zich ineens voor elkaar geneerden. Integendeel, hun distantie was veelal prachtig getimed en gestileerd, het leek wel of ze getweeën aan het repeteren waren voor een heel andere, een stijlvol-sentimentele videoclip. Af en toe, ondanks de te grote regenjas en de pocketcamera, keken ze elkaar van grote afstand aan en glimlachten kort en haast onmerkbaar. Jawel, ze wierpen elkaar blikken toe op de wijze waarop er in negentiende-eeuwse liefdesromans blikken werden geworpen – en net zoals in veel van die romans was er niemand die de blikken van verstandhouding opmerkte, niemand die deelgenoot was van hun ingetogen verwijdering. Goed, misschien was het wel zo, misschien was hun oogopslag een beetje archaisch, maar het hield hen in ieder geval op de been en voorkwam een al te hevige teleurstelling in de hele gang van zaken rond Siewalds clip.

Pas in de namiddag, toen de meeste figuranten al waren vertrokken, raakten Ingmar Booy en Adriënne daadwerkelijk in gesprek. Niet dat zij elkaar iets te vertellen hadden – ze hadden het over de thee met heel veel melk, over de struisvogelmevrouw en ook over Siewald – maar ze praatten. Ze lachten en ze praatten – en geen van beiden durfde de teleurstelling uit te spreken. Adriënne had, zoals gezegd, niets gefotografeerd en Ingmar Booy had nog steeds die te grote regenjas aan. Ook toen de opgewekte struisvogelmevrouw, inmiddels weer gestoken in haar normale kledij, vlak langs hen liep en hen groette met een koddige hoofdknik, waren zij nog steeds aan het lachen en praten, hadden zij elkaar nog steeds niets te vertellen. De mevrouw ging naar huis en haar kostuum nam ze mee – 'om te repareren', had ze Ingmar Booy giechelend verteld, want bij de oksels was de stof gaan scheuren. Ze had het opgeborgen in een grote, okergele plastic zak die ze, afwezig glimlachend, met beide armen omklemde en tegen haar buik aan drukte. Ze liep een beetje waggelend en Ingmar Booy had plezier om die tevreden toewijding van de struisvogelmevrouw en zwaaide naar haar, maar Adriënne verstijfde en keek onmiddellijk daarna naar haar handen. Ze hield haar armen gestrekt en keek naar haar handen.

'Ik heb vannacht heel vervelend gedroomd, ik had een nachtmerrie. Het was heel eng.'

En met een imposante en razendsnelle zwaai werd die klamme, slobberige regenjas weggeworpen, hup, zomaar een hoek in, zodat Ingmar Booy tenminste met alle aandacht en toewijding kon vragen waarover dan, waarover had ze dan vervelend gedroomd – toch niet over ons, Adriënne? Nee, niet over ons, jochie. Adriënne vertelde, vertelde over de gangen, de pleinen, de weidevelden en natuurlijk over haar buik, die vervaarlijk zwellende buik die maar bleef zwellen en nooit meer gewoon werd, nooit meer mooi en zo, nooit meer zoals nu, want verdomme ze was zwanger geweest in die droom en ze had er, of ze wilde of niet, eigenlijk nog de hele dag aan moeten denken.

Wat moest hij hierop zeggen? – Ingmar Booy kreeg ineens een hekel aan zichzelf. Wat was hij verwend! – er waren immers veel hachelijker, veel schadelijker dingen dan het onderhandelen per telefoon, het kortstondig beven op straat en het uit verveling zwerven in de kop. Wat moest hij haar zeggen? Hij zei, dat moet je vergeten joh; hij zei, het heeft toch niks te betekenen, zo'n dwaze nachtmerrie; hij zei, kom bij mij slapen op het matras, dan gaan we gewoon in Siewalds huiskamer liggen.

'Maar Adriënne,' zei hij daarna, zei hij zachter, zei hij schor, 'Adriënne, je bent toch niet echt bang dat je zwanger bent of iets?'

Kijk, hij kleurde! Ingmar Booy werd rood en Adriënne gaf lachend een ontkennend antwoord, haar stem daalde misschien wel een octaaf en met eenzelfde snelheid als waarmee de ontroering haar keel afkneep.

'Natuurlijk niet, idioot.' En nog heviger kleurde Ingmar Booy want haar stem was zo mooi en ze zei het zo nadrukkelijk, ze zei het terwijl ze dicht bij hem stond, de woorden gleden gemakkelijk om hem heen, als een jas die perfect past, een jas om aan te willen houden.

Adriënne lachte, krabbelde met haar stem weer terug naar omhoog. Troosten, opbeuren: sinds wanneer ging dat zo snel en zonder enige moeite? Adriënne was verbaasd over haar lach, over de octaaf die haar stem had doorlopen, over de aanhoudende kleur van Ingmar Booy. Wat zag hij er prachtig uit, de hoofdrolspeler met zijn rooie kop. Maar bij hem slapen, op zijn matras en in de huiskamer van Siewald, nee, dat ging echt niet, mevrouw Rafferty zou misschien wel een regelrechte zenuwtoeval kunnen krijgen. En die betekenis van haar droom: tja, zoiets moest toch íéts te betekenen hebben, was haar overtuiging. En tenslotte wist ze dat het schrikbeeld van die buik, dat opgezwollen onding, haar wel degelijk bij zou blijven, dat er maar moeilijk iets viel te vergeten.

Ingmar Booy had haar dus opgevrolijkt met drie zinnetjes en een tot blozen leidende vraag, en van die drie zinnetjes was er geen die in overeenstemming was met de werkelijkheid, zoals ook zijn vraag het niet was geweest. Inderdaad, dacht Adriënne tevreden, zo gemakkelijk gaat dat, opgevrolijkt worden. En toen ze opkeek naar Ingmar Booy waande ze zich plotseling in een gerieflijke bungalow, op zoek naar een verborgen kamertje, een rommelkamertje misschien – maar ze staakte het zoeken want er viel haar alweer iets nieuws in. Ze dacht – en ze schaamde zich dat ze het dacht want het was zo oudbakken, vond ze, en het was zo'n vergenoegde en armoedige conclusie, vond ze, maar ze dacht het – ze dacht: wat heb ik eigenlijk geboft.

Ja, wat heb ik eigenlijk geboft.

13

Ook toen Adriënne 's avonds alweer volop au pair was en zij de dochtertjes Rafferty voorlas, viel haar steeds dezelfde gedachte in – tenminste, zo verbeeldde zij het zich. Goh, wat heb ik eigenlijk geboft. Ze prees zich gelukkig en deed dat veel te nadrukkelijk. Om de dochtertjes niet in verwarring te brengen en meneer en mevrouw Rafferty niet te ergeren, zei ze het niet hardop, maar wel murmelde zij haar 'vergenoegde en armoedige' verzuchting die avond vele malen voor zich uit, als was ze plotseling overvallen door de wil tot reciteren van de een of andere sacrale slagzin. Maar Adriënne's gemurmel was niet van religieuze aard, ook al had ze wel degelijk zoiets als een bezwering op het oog, en wel de bezwering van haar nachtmerrie. Het mocht allemaal niet baten want die nacht besprong haar opnieuw de kwade droom. Ditmaal werd ze wakker, zachtjes schuddend met haar hoofd, badend in het zweet. Ze had overal jeuk. Ze had zich letterlijk wakker gekrabd; in haar nek had ze gekrabd, heel hard, en ook in haar knieholten en tussen haar borsten.

Toen ze vijftien was en op een schoolfeestje eens veel te veel mee naar binnen gesmokkelde jenever had gedronken, had ze de dag daarop de verlammende gesel van de kater ondervonden en sindsdien opgepast met het drinken van alcohol, maar dit keer, terwijl haar klamme lichaam brandde van de jeuk, leek het alsof die kater van weleer was teruggekeerd, heviger, pijnlijker. Haar voorhoofd gonsde, en als een trage, verantwoord gefilmde documentaire ontrolde zich opnieuw de nachtmerrie. Ja, ze wist zich tot in de meest weggestopte details haar droom te herinneren – die buik, verdomme dat onding en ik kan er zowat niet mee lopen ik knak helemaal door, naar voren en lachen ze me uit, nee toch? – genoeg. Genoeg!

Het was half vijf in de ochtend en Adriënne wist dat ze

nu niet meer in slaap zou kunnen vallen. Ze keek naar haar kapstok waarvoor ze zo vaak haar hulpeloos-onbereikbare oogopslag had geoefend en ze besloot op te staan. Naar buiten kijken dan maar. Adriënne wachtte tot de duisternis verdween en ze de eenvormige daken van de haar omringende villa's kon zien. En ze moest er dan wel om giechelen maar ze vond toch echt dat de dageraad een verzoenend karakter had. Ach, een verzoening? Nog eens giechelde Adriënne. Het deed haar goed dat ze niet eens verlangde naar wat meer – droomloze – nachtrust.

14

De tweede opnamedag moest ze wel degelijk samen met Ingmar Booy acteren. Getweeën dansten en sprongen zij voor de decors en midden in het schelle lamplicht, maar Adriënne's humeur werkte niet mee. Siewald was verbaasd want nukken en stuursheid, dáármee had hij in het geheel geen rekening gehouden. Adriënne had toch geen last van zoiets onbetamelijks als sterallures? De derde, de vierde en alle daaropvolgende werkdagen brachten geen verandering want iedere voorafgaande nacht werd Adriënne krabbend van wanhoop wakker. Eenmaal huilde ze, terwijl ze haar gloeiend gezicht in het natte hoofdkussen had gedrukt. Een paar uur daarna deed zij echter weer wat haar werd opgedragen. Ze acteerde. Ze rende. Ze rende samen met Ingmar Booy door rookwolken en langs decors. Ze rende, ze danste, ze werd opgetild door wel vijftien in blauwe duikerspakken geklede jongemannen, ze zat in een ornamentale fauteuil die rondtolde en wiegelde en die ten slotte uit elkaar viel. Ze zwom in een groot opblaasbad met daarin veel te blauw water en heel veel jongens en meisjes in gouden zwembroekjes en ze moest spartelen en springen, juichen en proesten. Ze moest gepijnigd haar hoofd

schudden, ze moest opnieuw gepijnigd haar hoofd schudden en nóg eens en de dag daarna nog drie keer en niet in de camera kijken, godverdomme! Ze moest haar ogen dichtknijpen en verschrikt weer openen, wijd open die mond, nee, wijder, ópen zeg ik je! Ze moest haar handen naar haar gezicht brengen en huppelen, ze moest haar handen naar haar borsten brengen en huppelen en wel drie keer moest ze haar handen langs haar bovenbenen strijken en huppelen en 's nachts was ze zwanger, groeide haar buik, verkrampte haar gezicht, schokte haar bovenlichaam.
– Maar wat is er dan toch, waar ben je dan bang voor, had Ingmar Booy haar een paar maal gevraagd. Ik snap het niet, Adriënne, pieker je soms tóch ergens over, hebben we dan geen leuke tijd met al die maffe ideetjes van Siewald?

Op een vrijdagmiddag aten zij opnieuw braadworst, ditmaal niet in de opnamestudio zelf maar in een nabijgelegen snackbar. Het was geen McDonald's en de cola werd gewoon geschonken in een ouderwetse ondermaatse bierpul en geserveerd zonder rietje. Ingmar Booy knipperde telkens met zijn ogen. Hij had zijn mond vol en zijn rechterhand had hij op zijn hoofd gelegd, als om een lumineuze inval het exploderen te beletten. Maar hij had helemaal geen lumineuze inval en toch lag zijn hand nu al een minuut lang roerloos op zijn hoofd. Adriënne vond hem mooi, zo met die hand. Een in elkaar gezakt dier zat er in zijn haar. Ze had die dag heel veel foto's genomen. Ze nam al geruime tijd heel veel foto's. Hoe zat het ook weer? – De houdgreep en het opboksen ertegen, het voortdurende relativeren: in de loop van de week was het haar gaan duizelen en het resultaat was een drietal haastig volgeschoten rolletjes, een onbesuisde koopjesjacht op prentjes, juist: prentjes, die nergens tegen opboksten, die getuigden van een oninteressante gejaagdheid en die houdgreep noch valstrik konden zijn. Nu keek ze naar de jongen met wie ze de hele week lang had gesparteld en gerend en gehuppeld; die jongen had zijn hand op zijn hoofd gelegd en Adriënne weigerde. Ze weigerde pertinent om ook maar te overwégen haar pocketcamera te voorschijn te halen.

'Ik vind het niet leuk voor je dat je telkens zo droomt.' Hij verslikte zich. Hij schoof zijn stoel naar achter en kuchte even. Ingmar Booy zorgde ervoor dat zijn gekuch veranderde in een regelrechte hoestbui want hij moest even nadenken, ik mag niet weer gaan beven, nee hoor, pas op. Hij had nagedacht, ach hij had wel twee dagen lang nagedacht, hij had gedacht, als ik soms de gewaarwording krijg er niet te zijn, een gewaarwording waar ik van ga beven, en Adriënne weet ervan, van die dwaasheid van mij, wat gebeurt er dan? Dan gaat zij piekeren. Dan gaat zij denken wat beteken ik voor hem, ben ik zijn zondagskrant, zijn perfect zittende jas, zijn struisvogelmevrouw misschien? Ja, dat kan ze best allemaal denken, die arme Adriënne van mij. – Ingmar Booy had zich zijn plotselinge schrik herinnerd. Ik liep toen met Adriënne naar het huis van dat gastgezin, we waren in het spookhuis geweest, ik dacht aan haar, ik dacht aan mij. Ik dacht aan mij als aan iets wat niet bestond. En toen dat beven.

'Zou je ooit een kind willen krijgen, Adriënne, ik bedoel ooit, niet nu, zou je dat willen?'

Adriënne schrok niet. Wat waren ze ineens kalm, allebei! Met een abrupte beslistheid leken ze te hebben besloten zichzelf, elkaar niet meer te zijn; het was alsof ze beiden vonden dat er zaken moesten worden gedaan – ik geef je dit als jij voor mij... et cetera, et cetera.

'Nee,' zei Adriënne, 'nee, dat wil ik niet.'

'En wat als je ooit zwanger raakt?'

Wat was dit voor belachelijks? Waren ze soms gék geworden?! Ach nee, natuurlijk, ze onderhandelden. Jawel, meneer en mevrouw onderhandelden.

'Nou, dan krijg ik dus tegen mijn zin een kind.'

'Geen abortus?'

Ik klets maar wat, dacht Ingmar Booy – en keek haar strak aan want hij kletste niet, hij was gespitst op haar antwoord.

'Dat vind ik nog vreselijker dan het krijgen van een kind. Ik wil geen metaal in me, er wordt in mij níét gestoken met van die pennen.'

Wat een zakenlui! – maar een transactie, dat zat er niet in.

'Je zou dus geen moment, echt helemaal nooit ook maar péínzen over een abortus?'

'Nooit. Liever nog steek ik me de ogen uit met van die naalden zodat ik mezelf, die buik van me, mijn afgezakte lichaam tenminste niet hoef te zien. Want dat weet jij net zo goed als ik, jij kleine Ingmar Booy: dan ben ik het aanzien niet meer waard.'

15

'Dat weet jij net zo goed als ik, jij kleine Ingmar Booy.'

Later pas bedacht hij dat hij haar niet had begrepen. Wat werd hij dan geacht zo goed te weten?

'Adriënne heeft kort, zwart haar, wat maakt dat haar gezicht iets van een permanente schrik meedraagt, een op springen staande radeloosheid.' – Natuurlijk, inmiddels had hij veel meer weten te achterhalen dan dit ene goed gevulde celletje van die hele honingraat van gelaatsuitdrukkingen, en ook was Ingmar Booy ervan overtuigd dat hij op de hoogte was van – tja, van zoiets apodictisch als 'de lijnen van haar lichaam'. Maar blijkbaar verwachtte Adriënne tevens dat hij inmiddels was doorgedrongen tot wie weet wat voor angsten en twijfels. Want wat had zij nog meer gezegd? 'Dan ben ik het aanzien niet meer waard.' O ja. Ja.

Goed, hij wist wel dat ze bang was (dat ze bang is) voor iedere verandering aan haar lichaam. Ze had het hem toevertrouwd, zachtjes grinnikend, maar ook met een moedeloze oogopslag. En toch, hij moest het bekennen: Adriënne had in feite weinig last van ijdelheid. Waarom, zo vroeg Ingmar Booy zich vervolgens af, waarom dan toch die zo banaal binnenwandelende angstdromen en bovendien die merkwaardige zinspelingen van haar? Telkens als hij hierover nadacht begon hij zich ongemakkelijk te voelen, maar meestal probeerde hij even later de hele kwestie uit zijn hoofd te zetten – en misschien wel terecht.

Het weekeinde hadden zij vrijwel onafgebroken in Siewalds appartement doorgebracht, hoogstwaarschijnlijk om op zoek te gaan naar new wavemuzikanten, legendarische soulzangeressen, onsterfelijke negentiende-eeuwse componisten en niet te vergeten de bijbehorende zachte, malle hangmat, het nodeloze kleinood dat zich had aangediend tijdens het allereerste verblijf in de flat van Siewald. Aan het zakengesprek van die vrijdagmiddag werd geen woord meer verspild. Het was wel degelijk genoeglijk, het vrije weekeinde van de beide hoofdrolspelers. Zij lachten om elkaar, zij lachten om zichzelf en waren steeds maar zo trots omdat ze elkaar steeds maar zo ontzettend dóórhadden. Zo wilden ze bijvoorbeeld met elkaar naar bed, ze wilden lekker fijntjes liggen, op het spijkerhard matras gezellig naast elkaar – en hun beider oogopslag, de trage, zachtheftige bewegingen plus de gefingeerd afwezige glimlachjes waren geen verrassingen meer. Nee, ze verifieerden – en deden dit zonder de ernstige drang naar ervaring. Alleen maar wilden zij met elkaar naar bed en genoten zij van de zo voorspelbare aanstalten die ze alle twee maakten. Voorspelbaar, ja, dat waren ze! Dit keer waren ze begerig naar waar ze al weet van hadden (geen schuilhoek van hun beider lichaam was hun nog onbekend) en tot hun prettige verwondering beseften Ingmar Booy en Adriënne dat deze begeerte zo mogelijk nog heviger was dan voordien. Heviger, omdat ze wisten wat komen zou, omdat al hun handelingen leken te zijn voorbeschikt.

Siewald was ook het gehele weekeinde druk bezig, voornamelijk met de vier ingehuurde tekenfilmmakers, zodat zij het hele driekamerrijk voor zich alleen hadden. Maar de twee dagen duurden ten slotte niet langer dan, pakweg, een brede armzwaai, een armzwaai tijdens welke Adriënne pendelde tussen Ingmar Booy en de familie Rafferty (die zich leek te hebben neergelegd bij het uithuizig bestaan van haar au pair), maar tevens een armzwaai die net zo vervaarlijk suisde als de hardnekkige nachtmerries. Door de boze dromen was Adriënne ook de tweede week stuurs en geprikkeld. Siewald dacht nog steeds aan sterallures maar kon toch niet nalaten zijn broertje even apart te nemen.

'Wat is er nou eigenlijk echt aan de hand met onze Bette Davis, Ingmar?'

Het broertje zuchtte. Nog voor de helft lag Ingmar Booy immers in de weldadige hangmat. Zijn hoofd stond allerminst naar de joviale bloeddorst van Siewald.

'Ze droomt, Siewald, ze heeft last van nachtmerries. Het is heel vervelend, ze droomt over zwangerschap en verminking en zo.'

Siewald rechtte zijn rug.

'Je wilt toch niet zeggen dat ze, dat ze...? Ha!'

Zou Ingmar Booy, die lange, magere jongen die te snel praatte en die soms, heel soms, van ontzetting begon te beven – zou die jongen een dier kunnen zijn, een woeste tijgerin of zo? Adriënne zou die vraag bevestigend hebben beantwoord, trots en blozend, maar tevens zou ze zijn geschrokken als ze die tijgerin werkelijk in actie zou hebben gezien, zoals op dit moment. Werkelijk waar, Ingmar Booy blies en siste. Hij schold Siewald blazend en sissend uit voor idioot en voor klootzak, tot wel vier keer toe.

'Sorry, sorry joh,' zei deze verschrikt en haastig (is dit

mijn kleine broertje Ingmar?), waarna hij vergoelijkend opperde: 'Ach, niets anders dan meisjesangsten. Niet te veel op letten. Adriënne is een intelligent meisje en intelligente meisjes lijden nu eenmaal vaak aan de een of andere vorm van psychotisch defaitisme.'

Ja ja, laat Siewald maar kletsen! – Ingmar Booys woede nam weliswaar af, maar hij liet het er niet bij zitten. Maar wat moest hij eigenlijk doen, nu? Wat moest hij eigenlijk tegen Siewald zeggen? Moest hij hem de ernst van Adriënne's situatie doen zien of iets soortgelijks? – En daar was Ingmar Booy met een plotselinge gelatenheid aan het vertellen over het gesprek in de snackbar, over het zakengesprek. Over die dwaze, hypothetische vraag van hem over abortus en – ten slotte – over de ogen. Het voornemen met de ogen.

'Ze meende er natuurlijk helemaal niets van, hoor, van die ogen en zo. Volgens mij was ze gewoon in de war. Denk je niet?'

'Christus! Emma Bovary is er gewoon niks bij, als ik het zo hoor.' En onmiddellijk daarna sloeg hij Ingmar Booy op beide schouders. 'Maak je geen zorgen, joh. Natuurlijk, natuurlijk, ze was alleen maar in de war!'

Waar dachten de twee broers eigenlijk aan? Dachten zij aan hetzelfde – exact hetzelfde? Zwijgend stonden ze nu tegenover elkaar en keken beiden naar de grond. Is dit een aandoenlijk tafereel? – Siewald wilde weer aan het werk, hopla, genoeg gemeenschappelijk gepieker! Daarom besloot hij Ingmar Booy wat op te vrolijken.

'Het is toch ook wel waanzinnig hè, Ingmar! Een meisje dat speelt in een videoclip over Wilhelm Reich en die dan zelf het hele Oedipus-vraagstuk van Freud maar eens in de braadpan gooit en lekker door elkaar husselt, alsof het niks is.'

Het is jammer, maar Ingmar Booy kon niet in zo'n korte tijd tot tweemaal toe in een woeste tijgerin veranderen – dacht hij tenminste.

'Is ze eigenlijk ouder dan jij, Ingmar?' vroeg Siewald opeens. Hij knikte. Ja hoor, Siewald, ze is ouder dan ik, ga nu maar op je regisseursstoeltje zitten en doe maar weer net alsof je opperhoofd bent van een hele godverdomde speelfilm. Kom, zet je creatieve zorgengezicht op, Siewald!

'Ja. Niet veel, maar... ja, ze is ouder.'

'Dacht ik al, dacht ik al.'

Voor een tweede maal sloeg Siewald hem gretig op de schouders. Ook kneep hij Ingmar Booy stevig in de linkerwang. Siewald hield die linkerwang langer dan nodig was tussen duim en wijsvinger en zei: 'Het had je moeder kunnen zijn, jongen. Werkelijk, het had gewoon je moeder kunnen zijn.'

Het was niet echt hard aangekomen. Niet meer dan een onbetamelijke tik was het geweest, met de vlakke hand tegen zijn oor – maar hij was er wel degelijk van geschrokken, dat had Ingmar Booy kunnen zien aan het kortdurend en schichtig rollen van zijn ogen. Nee, Siewald had niet teruggemept.

16

Telkens wanneer Ingmar Booy met een stuk of wat schoolvriendjes uitging in zijn geboortestadje Amersfoort, overviel hem een onnadrukkelijk onbehagen dat te maken had met het vermoeden iets te missen. En dat hij niet de enige was die daar last van had, bleek uit het feit dat wanneer zij een uurtje hadden rondgehangen in een of andere discotheek, er altijd wel iemand was die voorstelde ergens anders heen te gaan. Waarom deed iemand zo'n voorstel, en, belangrijker, waarom stemden de anderen haast altijd gretig in? Later, toen hij ging studeren in Amsterdam, kwam er geen verandering in zijn onbehagen en bleven zijn vragen vooralsnog onbeantwoord. Natuurlijk, de verhalen over de verwachtingsvolle provincialen die zich naar de hoofdstad begeven om op zoek te gaan naar 'waar het allemaal gebeurt' zijn overbekend – het ene verhaal loopt meestal nog treuriger af dan het andere – maar Ingmar Booy was destijds van mening dat zo'n stereotiepe zoektocht niet op hem van toepassing kon zijn. Immers, hij ging uit met studiegenoten, alleen maar met de bedoeling te drinken, te dansen en te praten. Toch was hij tijdens deze avonden, die tenslotte bedoeld waren ter ontspanning en vermaak, rustelozer dan gewoon; het idee dat het werkelijke vertier misschien wel in een verderop gelegen etablissement te vinden was deed hem, en ook de meesten van zijn studiegenoten, verbeten door de Amsterdamse binnenstad fietsen, op weg naar alweer een discotheek met alweer een buitensporig hoog entreegeld. En weer later kwam hij erachter dat zulke uitstapjes van een verkeerd soort nutteloosheid waren. Niet alleen had het door de stad jakkeren te maken met een haast onoverkomelijke verveling, maar ook met een plichtmatige vorm van vluchten.

Op de middelbare school was lezing van het boek verplicht gesteld, maar omdat wat moet niet leuk is, had Ingmar Booy *De avonden* van Gerard Reve pas gelezen toen hij al lang en breed studeerde. Van toen af wist hij dat uitgaan veel minder te maken had met ergens naartoe gaan dan wel met ergens vandáán gaan. Niet dat het beklagenswaardig lot van Frits van Egters ook maar iets veranderde aan de uitgaansgewoonten van Ingmar Booy, maar vreemd genoeg leidde de gedeeltelijke ontmaskering van zijn onbehagen, bewerkstelligd door het boek, tot een verkwikkende kalmte.

Hij had zich er eenvoudigweg bij neergelegd: jawel, ook hij zou nog heel vaak niet ergens naartoe maar ergens vandaan willen gaan, zo wist hij – en hij bleef uitgaan, bleef zich onbehaaglijk voelen. Het leek wel wat op een gewoontegetrouwe vlucht. En uiteindelijk was het in Londen, en wel tijdens de dagen dat hij in zijn eentje de antiquariaten in Notting Hill afliep, dat hij ontdekte dat juist de zijdelingse en plichtmatige vlucht zo mogelijk nog schadelijker is dan de vlucht die voortspruit uit wanhoop. Wie zich, louter uit gewoonte, uit de voeten maakt, die compromitteert zichzelf met waar hij zich op dat moment bevindt en ook met waar hij thuishoort, en verzandt ten slotte in een genadeloze stupiditeit.

Ingmar Booy, die rondneusde in allerlei boekwinkeltjes, realiseerde het zich op zijn misschien wel stupide te noemen wandelingen door Notting Hill en werd nog geen dag daarna de vijftigduizendste klant. Met Adriënne was hij gaan wandelen, met Adriënne was hij uitgegaan, met Adriënne had hij bijna twee volle werkweken langs decors gerend en gehuppeld en geschaterd, dit laatste tot vervelens toe, moest hij toegeven – en nu dan was hij met Adriënne op een feestje, op Siewalds feestje nog wel, en ja hoor, Ingmar Booy voelde zich zomaar weer scholier, student, hij was de zoveelste Hollandse schobbejak van een Frits van Egters! Wat was er aan de hand? – Ingmar Booy bekeek telkens de gasten en bedacht telkens hoeveel feestjes er op het ogenblik aan de gang moesten zijn in Londen: duizenden, tienduizenden? Jezus! Hij wilde weg, ergens anders naartoe (hier vandaan), samen met Adriënne naar een ander feest, naar een discotheek desnoods, er was immers van alles gaande?

Siewald had wel meer van dit soort feestjes gegeven. Ingmar Booy zag hoe zijn broer zich, glinsterend van opgeluchte opgetogenheid, onderhield met de vele gasten. De opnamen voor de videoclip waren voltooid en dat moest natuurlijk gevierd worden! Ingmar Booy ontdekte onder de genodigden maar weinig mensen die hem bekend voorkwamen. Dat geen van de figuranten en modellen was uitgenodigd kwam hem niet ongewoon voor, maar wel verwonderde het hem dat ook niemand van de technici aanwezig was.

In plaats daarvan, zo had Siewald hem kort tevoren in de keuken verteld, waren zijn gasten voornamelijk collega-regisseurs, journalisten, producers en natuurlijk popmuzikanten (van wie hij er overigens geen herkende van de talloze clips die hij op de satellietzenders had gezien) die de voltooiing van de opnamen vierden; ook waren de zogenaamde 'platenbonzen' van de partij, evenals een aantal opvallend geklede jongemannen die allen tot vak hadden de videoclips te slijten bij de satellietzenders en de internationale omroepen, en die – in tegenstelling tot hun collega's bij de radio die gewoon pluggers heten – vrij eufemistisch 'tv-promotors' worden genoemd.

En, aha, dan waren daar ook nog Ingmar Booy en Adriënne! Wat voerden ze daar uit, tussen al die – al of niet ambitieuze – Londenaren, met wie Siewald zo goed kon opschieten, met wie Siewald geacht werd goed te kunnen opschieten – wat hadden ze daar te zoeken?

Ook tijdens de laatste opnamedagen had Adriënne een slecht humeur gehad, had Ingmar Booy met de struisvogelmevrouw gepraat en zich af en toe verveeld. Voor de rest hadden zij voor de camera opnieuw moeten flierefluiten en feestvieren, allemaal met het oog op de 'ode' (zo noemde Siewald zijn sprookje) aan Wilhelm Reich, van wie Ingmar Booy haast niets wist (maar dat was niet erg, zo vond hij) en van wie Adriënne niets meer hoefde te weten (maar dat hield ze zich maar voor, zo hield ze zich voor). Nee, enthousiasme was er niet meer bij, die laatste twee à drie werkdagen, maar ach, het zwaarste werk was geklaard, had Siewald gezegd, het knip- en plakwerk stelde niets voor – 'een handomdraai, een handomdraai!' – en verder was het wachten op het tekenfilmpje dat nog lang niet af scheen te zijn, maar dat laatste was niet echt belangrijk. Geféést moest er worden, volgens Siewald.

Ingmar Booy werd langzaam aan dronken en Adriënne verweet hem dat. Waarom dan dronk hij? Kort tevoren hadden ze zich gezamenlijk afgevraagd wat ze eigenlijk te zoeken hadden op dit feest en nu – 'en nu ga jij je bedrinken, Ingmar, waarom doe je dat nou?'

Steeds weer had Siewald hun voorgehouden dat het feestje in het teken van hun 'formidabele medewerking' zou komen te staan, maar zoals verwacht was de aandacht van de gasten voor hen beperkt gebleven tot wat vluchtige beleefdheden, waarna zij zich zonder uitzondering enkel nog met elkaar onderhielden; Ingmar Booy en Adriënne werden de verdere avond genegeerd. Niet dat zij deze afzondering betreurden, welnee: in feite stonden ze op het punt getweeën de stad in te gaan, op zoek naar het werkelijke vertier. Het moet gezegd dat ze nu al ruim een úúr op het punt stonden om weg te gaan – en ze gingen maar niet, die twee hoofdrolspelers, de jongen en het meisje die zo 'formidabel' hadden meegewerkt aan Siewalds pretentieuze videoclip.

De waarheid was dat Ingmar Booy zich inderdaad bedronk en dat Adriënne uiteindelijk in een hoek van de kamer zat, roerloos van ontreddering. Zij hield zich goed maar haar gezicht gloeide en telkens weer stokte onwillekeurig haar adem. Werkelijk, had zij zich enkele weken tevoren – het was op de kermis op Hampstead Heath geweest – nog verbeeld dat die kleine lange dunne Ingmar Booy niemand minder dan Heathcliff moest zijn, nu waren haar lichamelijke aandoeningen vergelijkbaar met die van de arme Catherine. Maar: ditmaal dacht Adriënne niet in het minst aan de twee geliefden van de Schotse hooglanden; ditmaal zat ze niet met heel haar kortgeknipte en donkerharig hoofdje in het literaire troostdomein, en misschien was dat wel omdat ze zich niet minder dan ontroostbaar achtte. Woeste hoogten, jawel. Ingmar Booy, de jongen wiens lichaam ze allengs stuurlozer zag worden als gevolg van de whisky, de jongen die zijn o zo flinterdunne raadselachtigheid (ja, dat bezat hij, wist Adriënne) van zich af leek te drinken – die jongen ging over twee dagen weg, die ging terug naar Nederland, hup, hopla, zomaar ervandoor zou hij gaan. De vakantie was voorbij, en als vakanties voorbij zijn, Adriënne, dan moeten mensen weer naar huis toe, ergens anders naartoe, begrijp je, zei Ingmar Booy – de jongen die nog steeds nadacht over feestjes en uitgaan en over alles wat op dit moment plaatsvond aan vertier in Londen, aan alles wat hij op dit moment miste.

Ach, een ruime huiskamer gevuld met grotendeels onbekende en, eerlijkheidshalve, vrij oninteressante mensen, en onder hen nota bene de jongen en het meisje om wie het allemaal te doen is, de jongen en het meisje die, ondanks dronkenschap en ontreddering, van elkaar houden, ja heus wel, en die binnen afzienbare tijd afscheid van elkaar moeten nemen – kan het alles hopelozer, treuriger en triester? Misschien is het beter om verder zo min mogelijk aandacht te besteden aan het feest, evenals aan het werkelijke vertrek van Ingmar Booy, hoewel dit laatste niet vanwege de hopeloosheid, de treurigheid of de triestheid, maar juist vanwege de onwaarachtigheid ervan weinig woorden behoeft.

Onwaarachtig? Ingmar Booys vertrek onwaarachtig? Welnu, zo verliefde mensen al werkelijk leven en zich niet bezighouden met het verlangen het bestaan van de ander voor eigen rekening te nemen, dan toch níét vlak voor en tijdens het vertrek van een van hen. Immers, beiden zijn dan enkel en alleen geconcentreerd op de ophanden zijnde scheiding; niet wordt er zoiets obligaats en terzelfder tijd onmogelijks volbracht als 'het genieten van de laatste gedeelde momenten', nee, iedere blik op de ander wordt geworpen om te onderzoeken. En: onderzocht wordt dan niet de pijn die rondtrekt in de ogen van de ander, maar veeleer het eigen toekomstig verdriet. Ja, ook Ingmar Booy en Adriënne moesten eraan geloven; ze hadden niet langer oog voor elkaar, maar waren in plaats daarvan gespitst op de eigen, de afzonderlijke, de moedwillig afgezonderde tragiek. Slachtoffers waren ze, en als slachtoffers gedroegen ze zich: in zichzelf gekeerd, onwaarachtig en soms bijna autistisch.

Precies: autistisch. Het afscheid mocht dan misschien geen pure lust teweegbrengen en de scheiding was zeker geen brief in de fles, maar hun fixatie op het komende verdriet had wel degelijk iets genotzuchtigs, soms leek het wel een letterlijk lichamelijk verlangen naar ontwrichting. Daarom was het ook dat zij zich allebei zo verbaasden over het... – over het gemak waarmee ze uiteindelijk afscheid namen; over de gelatenheid waarmee Ingmar Booy de trein naar Dover instapte; over de laatste, zakelijke vragen van Adriënne ('Ben je niets vergeten? Heb je die blikjes cola nu wel mee voor onderweg?'). Zij verbaasden zich over elkaar en over zichzelf, net zoals zij zich nadien, toen ze wérkelijk alleen waren, opnieuw verbaasden, maar dan over de hevigheid van het gemis. Tergend en log was dit gemis, en zéker niet vergezeld van een soort zelfkastijdend genot, zoals zij zich dit, afzonderlijk van elkaar en allebei een beetje beschaamd, de laatste dagen van hun samenzijn hadden voorgesteld.

17

Zo het nog niet duidelijk mocht zijn: Adriënne was natuurlijk een bijzonder mooi meisje. Zo maakte zij zich zelden op want dat was gewoon niet nodig. Mevrouw Rafferty keek er dan ook van op dat haar au pair zich na het vertrek van 'the thin Dutch boy with his proper taste', make-up begon aan te schaffen. In vroeger tijden moest Adriënne wel degelijk make-up hebben gebruikt, want mevrouw Rafferty bemerkte tevens dat zij de lippenstift, de rouge, het kohlpotloodje en wat dies meer zij met een verbazingwekkende routine hanteerde. Iedere reorganisatie van het lichaam, en dus ook die van de huid, moest worden aangeleerd, maar van Adriënne kan gezegd worden dat zij, wat het in de steigers zetten van haar gezicht betrof, reeds volleerd was. Niet dat zij nu ook onmiddellijk een heel ander meisje werd of zoiets, maar wel zag Adriënne er nooit meer moe of onuitgeslapen uit zoals voordien soms het geval was geweest, en bovendien – en dat was waarschijnlijk een van de redenen voor de onverwachte manoeuvre – leek haar oogopslag door de donkerkleurige eye-liner veel minder gelaten.

Adriënne's plotselinge greep naar cosmetica was de enige eigenaardigheid die mevrouw Rafferty had kunnen achterhalen. Voor het overige was zij weer de toegewijde au pair die geduldig met de kinderen omging en die de avonden meestal doorbracht met spelletjes kaart, domino of Risk. Ook kwamen de gesprekken over literatuur weer een beetje op gang – dit tot vreugde van mevrouw Rafferty want haar echtgenoot toonde in de regel onbetamelijk weinig aandacht voor haar jubelende uitweidingen over Ernest Hemingway. En evenzo onbetamelijk is het misschien wel om die letterlijk kapotgeschreven zinsnede van stal te halen, maar mevrouw Rafferty dacht het nu eenmaal, zij dacht: het is alsof er niets is gebeurd.

Wat had er dan moeten gebeuren? Adriënne verstuurde en ontving haar liefdesbrieven, soms moest zij heel erg lachen om de ronduit moorddadige pathetiek van haar brieven en nog grappiger (en prachtiger) vond zij het als ze precies dezelfde pathetiek terugvond in de zijne – alsof zij niet veel meer deden dan het telkens opsturen van één en hetzelfde bericht, slechts bedoeld als een soort van roulerend relikwie. En natuurlijk, zoals gezegd miste zij Ingmar Booy wel degelijk, zoals men nu eenmaal iemand mist met wie er veel is gewandeld en gelachen en gevreeën en geacteerd – maar Adriënne voelde er weinig voor om dit gemis haar stemming te laten bepalen. In dat geval zouden verschijnselen als ongenietbare huilbuien en wanhopige verzuchtingen zeker op de loer liggen, klaar om kitscherig en derhalve genadeloos toe te slaan.

Dit alles betekende nu ook weer niet dat zij soms niet naar adem hapte van verdriet of dat haar gedachten niet werden onderbroken door een hinderlijk gezoem rondom haar slapen of een plotseling dichtgeknepen keel. En ook haar nachtrust was er niet beter op geworden. Minder vaak maar toch nog regelmatig werd Adriënne overrompeld door de nachtmerrie, maar van een verpletterende gruwel waren deze angstdromen niet meer. In plaats daarvan had ze er nu ook moeite mee om in slaap te komen. Vaak tuurde ze maar wat naar de kapstok in de hoek van haar kamertje en het irriteerde Adriënne bovenmatig dat dat avondlijke staren gepaard leek te moeten gaan met een slopende gedachteloosheid. Werkelijk, als ze in bed lag kwam het haar voor dat ze soms urenlang aan volstrekt niets dacht – en ondanks dat deze apathie haar ergerde en wel degelijk uitputte, kon zij ook na uren vaak de slaap niet vatten.

Deze klachten hadden niet alleen maar te maken met het vertrek van Ingmar Booy. Na een aantal weken waarin veel had plaatsgevonden en waarin zij zich niet alleen door de weldadige hangmat maar ook door zoiets ontluisterends als tijdgebrek had laten leiden, was de 'terugkeer' bij de Rafferty's wel enigszins onaangenaam te noemen. Tijd moest niet langer worden bewerkt als een stuk braakliggend bouwland maar lag nu voor haar uitgestrekt als een kant en klare nieuwbouwwijk. Nee, behalve de schaarse klusjes plus de spelletjes en 'chats' met mevrouw Rafferty had Adriënne gewoonweg niets meer om handen, of het moest het naar adem happen en het niet kunnen vatten van de slaap zijn. Zo had zij bijvoorbeeld na het vertrek van Ingmar Booy ook Siewald niet meer gezien. Vlak nadat de trein naar Dover was vertrokken en Adriënne samen met Siewald nogal dwaas en verbouwereerd had staan wuiven, hadden zij elkaar reeds op het perron op het hart gedrukt spoedig te zullen bellen of schrijven, voor het maken van een afspraak. Maar beiden waren zich tijdens het afleggen van de wederzijdse beloftes bewust geweest dat het niet meer was dan een plichtmatige afhandeling, tijdens welke er stilzwijgend van uit werd gegaan dat zij ook wel af wisten van de onwaarachtigheid van de toezeggingen (al zou Siewald zich op dat ogenblik niet hebben gerealiseerd dat hij Adriënne zo'n twee maanden later alleen maar een lullig briefkaartje zou sturen om haar op de hoogte te brengen van de eerste uitzending van 'zijn', 'hun', 'onze', – van de videoclip). Nee, Adriënne's enige uithuizige contacten waren van hetzelfde soort als die van voor haar ontmoeting met Ingmar Booy: ze mengde zich in de stadstaferelen en deed dat met behulp van haar pocketcamera.

Een week na de voltooiing van de videoclip – en vijf dagen na het afscheid van haar tegenspeler – ontwikkelde Adriënne met hulp van haar cursusleider de talloze foto's die zij tijdens de opnamen had gemaakt. Vooraf had zij de goede man op de hoogte gebracht van het resultaat en verteld dat de hele serie, wat haar betrof, een regelrechte flop was – en helaas kon de cursusleider, anderhalf uur later, niets anders doen dan dit beamen. Adriënne had zich voor de slechte foto's kunnen excuseren; ze had kunnen vertellen over het uitputtende karakter van die dagen, over de negentiende-eeuwse blikken, geworpen naar en ook door Ingmar Booy, over haar nachtmerrie desnoods en het daaropvolgende zakengesprek – maar zij vertelde zo min mogelijk, zij vertelde haast niets en liet zich in plaats daarvan meetronen naar de nabijgelegen pub, om voor een derde keer het commentaar en de raadgevingen van de cursusleider te beluisteren. Wat hij te zeggen had doet in feite weinig ter zake (hij zei, ja het is moeilijk om te fotograferen, om dienstbaar te zijn, dat zei hij en hij zei, de videoclip was een houdgreep en jij was speler en tegelijk relativerend scheidsrechter, met je toestelletje in je hand, zei hij en ook zei hij, je gaat toch wel door, nu er wat foto's zijn mislukt? Zie het maar als een blessure, zei hij – en veel meer nog zei hij want er werd veel bier gedronken; alweer dat drinken, dacht Adriënne en zij voelde zijn hand – warm en een beetje kleverig – op de hare, terwijl hij kortademig en binnensmonds zei, hij zei – ja, wat zei ie nou op het laatst?), maar vlak voordat ze afscheid namen en Adriënne drie nieuwe filmrolletjes in haar jaszak had zitten, kreeg de cursusleider ineens een kleur en hij mompelde haast onverstaanbaar: 'Ik weet het, ik kan slecht uitleggen.' Toen Adriënne niet antwoordde vervolgde hij: 'Ik stotter enkel vergelijkinkjes, dat is wat ik doe. Maar Adriënne, kindje, lieve meisjesmonnik, er is niks anders dan de metafoor. Er is gewoon niks anders. Denk ik.'

Dat Adriënne vlak voor hem stond en hem aan bleef kijken was voor de cursusleider kennelijk reden om nog heviger te blozen. Met wat half geslaagde armzwaaien gebaarde hij haar nog even te gaan zitten ('nee, we drinken niks meer, hoor') want er was nog wat uit te leggen, verklaarde hij omslachtig. Tja, de cursusleider was wat aangeschoten en Adriënne nam inderdaad opnieuw plaats – maar tevens kon zij het niet langer opbrengen hem aan te horen. Zo goed als ze kon vertrok haar gezicht in een aandachtige frons, terwijl er alweer wat wollige beeldspraak rond haar wiegelde. De cursusleider praatte en Adriënne dacht, wat valt er eigenlijk nog vast te leggen? Ja, wat valt er nog te fotograferen? Ze boog haar hoofd en legde haar handen in haar nek want ze was geschrokken van de onverwacht gerezen vraag.

De cursusleider kwam intussen op bekend terrein: Adrienne hoorde hoe er vaag en veraf enkele vertrouwde zinsneden binnensijpelden.

'De fotograaf is gelijk aan wat hij fotografeert, Adrienne,' probeerde hij haar in te prenten (o ja, dacht zij, die muur, die muur van toen), 'hij is alles wat hem omringt.'

Dit was voor Adriënne het moment om op te stappen want, zo loog zij, de dochtertjes Rafferty moesten van school worden gehaald. Zijn eigen woorden hadden hem zodanig aangegrepen dat zij de cursusleider hoofdschuddend en met twee kogelronde tranen in zijn ooghoeken achterliet in de rumoerige pub.

Nee, Adriënne fotografeerde die week in het geheel niet. De vraag naar wat er nog eigenlijk te doen viel bleef haar lastigvallen, als was het een dreinerig-retorische vraag, afkomstig van een kleuter. Maar weer een week later leende zij van het Hampstead Institute for Photography dit keer een camera met zelfontspanner, waar zij een flinke borg voor moest betalen. Haastig installeerde zij het toestel op haar zolderkamertje, opende de ramen en maakte zich op, voor de tweede keer die dag. Ze stond voor de beduimelde spiegel en vroeg met hoge, afgeknepen stem: 'Vertel eens, ben ik echt zo fotogeniek?' En terwijl ze haar bed aan de kant schoof, liet ze het antwoord zo diep mogelijk uit haar keel komen: 'Jaaahh...'

Ze floot zachtjes want het was mooi weer en ook floot ze zachtjes omdat ze voor het eerst sinds het vertrek van Ingmar Booy op het weer had gelet. En ja, ze ergerde zich als anderen het waagden te doen, maar nu floot Adriënne een volstrekt vormeloos deuntje, terwijl ze al haar foto's zo netjes mogelijk op de grond legde, midden tussen het toestel met de zelfontspanner en het zwarte kapstokje. Daar lagen gebroederlijk naast elkaar de punkers op King's Road en de rusteloze taxichauffeur, wachtend op een vrachtje, terwijl de Iraniër op zijn aardappelkist in Hyde Park tussen al die foto's van de jongen met de zondagskrant werd gelegd. Nog steeds floot Adriënne, ook toen zij het toestel instelde en vervolgens in het midden van haar kamertje ging staan – maar vlak voor de koude flits kneep ze haar lippen samen en keek ze zo scheel mogelijk. Ja, dat was leuk, dat was wel grappig. Zij stond te huppelen op de talloze foto's die lagen uitgespreid over het grote, stukgelopen vloerkleed en gleed uit en mmm, dat moest nog een keer over want ook dat was een fotootje waard. Adriënne maakte daarna wel drie foto's van zichzelf in kleermakerszit, terwijl er allemaal piepkleine jongetjes met zondagskrantjes om haar heen lagen, poeh. Foto's van Adriënne die lachte en die haar ogen sloot; foto's van de met een buitensporige pruillip getooide Adriënne; foto's van Adriënne met nat haar, met krulspelden in het haar, met de cocktailjurk van mevrouw Rafferty aan, met de pyjama van meneer Rafferty aan, onopgemaakt en met helemaal niks aan, dat was ook wel koddig vooral als ze haar kleine borsten zo obsceen mogelijk in haar handen hield en dan ook nog samendrukte – en natuurlijk een stuk of tien poses van Adriënne in het afgedankte struisvogelpak dat ze, tezamen met vijftien pond en een fles beaujolais uit 1974, had overgehouden aan haar gedeelde hoofdrol.

    Adriënne kreeg er maar geen genoeg van en was misschien wel anderhalf uur lang bezig met het innemen van de meest dwaze houdingen. De schaamte die haar nog diezelfde avond bekroop bleek echter net zo hevig en tevens zeker zo langdurig te zijn als het plezier dat ze kort daarvoor nog aan haar inval had beleefd. De dag daarop bracht zij de camera alweer terug. Haar cursusleider vroeg haar niet naar het resultaat van haar werkzaamheden en Adriënne verbeeldde zich dat hij wel op de hoogte moest zijn van de malle bezigheden op haar zolderkamertje. De cursusleider was natuurlijk in het geheel niet op de hoogte, maar desondanks glimlachte Adriënne eerst opgelucht en daarna instemmend toen hij haar achteloos vroeg iets te gaan drinken in de nabijgelegen pub.

18

De presentator heeft halflang en glanzend ravenzwart haar. Met geroutineerde onbevangenheid staart hij recht in de camera en hij babbelt. Nu eens zit hij op een met graffiti getooide regenton, dan weer ligt hij onderuit op een weelderige driezitsbank of leunt hij tegen een heuse palmboom – maar dit keer heeft de regisseur – of misschien wel hijzelf – gekozen voor weer een andere locatie. In de studio staat, in de buurt van de palmboom, een mooie, fonkelnieuwe telefooncel en de presentator staat in de deuropening ervan, de hoorn in zijn linkerhand. In de andere heeft hij een stapel brieven en tekeningen. Af en toe leest hij iets voor of houdt hij een van de meer originele werkstukken in beeld. De presentator krijgt veel liefdesbrieven want hij is buitengewoon aantrekkelijk. Met dezelfde onbevangenheid als waarmee hij de verschillende videoclips aankondigt leest hij sommige van die brieven voor en onveranderlijk bezorgen ze hem een verlegen grijns. Zijn wenkbrauwen gaan onophoudelijk op en neer, in zorgvuldig ingestudeerde harmonie met zijn huppelende zinnen en zinnetjes. Let op: nu houdt hij zijn hoofd een beetje schuin, blijkbaar heeft hij – of misschien wel de regisseur – genoeg van de brieven en tekeningen want er wordt een clip aangekondigd.

'Well, this is a weird one we have for you! It's the new clip from our four boys from Edinburgh, hi you up there! Yes, I'm talking 'bout your favourite band The Black Muddy Ditche. Their brand new video is made by Siewald Booy, I hope it's well pronounced, and he's responsible for famous video's of The Cocteau Twins, Duran Duran and, of course, our little big man Phil Collins. Well, I think you gonna like this one, in fact you can call us, I'll be waiting rrright here! Tell us if you appreciate it or not, this video which tells the story about a certain Wilhelm Reich, I'm told, some chap who was friends with Freud, the braindamage-doctor we all know. Well, here it is, The Black Muddy Ditche, and remember, you can call us.'

Nu dan: de clip gaat in première. Er verschijnt, heel kort, een veelcijferig telefoonnummer in beeld, waarna, uit de linkerbovenhoek, het herkenningsteken van de satellietzender neerdaalt. Dan is het eindelijk rustig in beeld – dat wil zeggen, Siewalds clip wordt uitgezonden, zonder te worden gestoord door getallen en vignetten. Wij – en 'wij' zijn de miljoenen onderuitgezakte scholieren in heel Europa; de oververmoeide huisvrouwen 'up there' in Noorwegen; de jonge student met zelfmoordplannen in Oostenrijk; het groepje bezwete amateur-voetballers in de sportkantine ergens in een uithoek in Duitsland; en niet te vergeten de helft van alle werkloze jongeren in Engeland – wij zien een tekenfilmpje met twee koddige oude geleerden, gehuld in witte jassen, in een ruimte die lijkt op een ziekenzaal, elkaar om de oren slaand met allerlei rondslingerende pillen van boeken, waarvan de titels de kijkers worden onthouden. De twee grijsaards raken slaags en intussen wordt er, boven in beeld, middels stripballonnetjes informatie gegeven over de figuur Reich. De twee mannetjes slaan elkaar murw. Hun jassen zijn gescheurd, hun grijswit haar is verward en er verschijnen blauwe plekken op hun beider gezichten.

Terwijl de ziekenzaal langzaam vervaagt en plaats maakt voor een onduidelijke impressie van de optredende band, blijft er informatie over Reich in beeld verschijnen. We zien close-ups van elektrische gitaren, metershoge geluidsboxen en niet te vergeten het gekwelde gelaat van de zanger van de groep, – terwijl de ruziënde heertjes nog steeds vechtend over het beeldscherm rollen. Ah, de mixage is werkelijk prachtig! Dan blijkt de popgroep op te treden voor een geheel in doktersjassen gestoken publiek en geeft Reich zijn collega Freud een laatste kaakslag. En ja, nu gebeurt het! Alsof het een vervolg is op het legendarische sprookje E.T. rent het tekenfilmheertje Reich een aandoenlijk onschuldig paartje tegemoet – en de vervloeiing van de twee filmtechnieken is zo mogelijk nóg geraffineerder. 'What's in the metal box?' staat er ineens levensgroot in felgele letters geschreven – en Reich neemt de jongen en het meisje bij de hand. Omgeven door een wolk van oplichtende mist opent zich een zware, ijzeren deur en tsjoep! daar rennen zij gedrieën een door lichtblauwe rookwolken vertroebeld sprookjesbos binnen. Daarna vervliegt onze getekende held, hij lijkt te worden opgenomen in de wazige en blauwe substantie, maar de jongen en het meisje dartelen rond, ze dansen met buitensporig grote, doch ongevaarlijke vogels, struisvogels lijken het wel. De vogels ontkleden het tweetal op razendsnelle wijze en prompt rennen er allerlei in goudkleurige zwemkledij gestoken jongens en meisjes om onze hoofdrolspelers heen. En verder huppelt deze kinderschare door de feeërieke omgeving, in de richting van een hemelsblauw zwembad. Er wordt gesparteld, gedoken en gesprongen, er wordt gejuicht, geproest en gelachen en er ontstaat een kluwen van omhelzingen. Er wordt vuurwerk afgestoken. Maar voor we het weten huppelen de jongen en het meisje alweer getweeën verder, en overal is het feest, het meisje sluit gelukzalig haar ogen en schudt haar hoofd, haar handen glijden langs haar gezicht en langs haar borsten en nog eens langs haar borsten en daarna langs haar dijbenen en de jongen danst razendsnel om haar heen, tot er zich opnieuw een blauwe waas ontrolt, pijn, hebben ze pijn? – ach welnee, ze heffen hun armen op en rollen hun hoofd van links naar rechts en weer terug en opnieuw – refrein! – en pats! daar schiet een tekst in beeld, 'get into the box!!', en weer de handen langs de borsten, de dijbenen – en Adriënne's buik zwelt razendsnel, vijftien dansende duikers, gestoken in strakke blauwe pakken, tillen haar op en Adriënne's buik bolt werkelijk op – refrein! – ja hoor, ze dijt uit, Jezus wat wordt zij zwanger en vet! De duikers houden haar vast niet lang meer, en nú dan, een close-up van haar gezicht, ze knijpt haar ogen dicht en ze opent haar mond, wijd open die mond, verdomme, doe je ogen dicht, let op je ogen, nee! niet in de camera kijken, trutje – aha, refrein! Dertig duikershanden dragen haar en kijk eens aan, nu mag het wel, Adriënne, Adriënne met haar buik, Adriënne kijkt recht die talloze en grotendeels volstrekt identieke Europese huiskamers in en alles schudt en trilt heel even in het feeërieke lusthof want er explodeert een gitaarsolo en alsof de tijd wordt getackeld is daar ineens weer dat hemelsblauwe zwembad en ach, daar komen die vogels weer aangerend, met reuzensprongen storten ze zich in het water maar waar is Ingmar Booy en waar is – o, daar heb je Adriënne met nog steeds die duikers die haar ronddragen maar dat zal niet lang meer duren want ze wordt ongelooflijk topzwaar met dat uitdijende, lillende lichaam van haar, waarmee ze – wat krijgen we nou? wat doet ze?, waarmee ze zich losrukt uit de gehandschoende handjes van de duikers en waarmee ze zich – Jezus! – richting camera begeeft, het is werkelijk geen gezicht – o, opnieuw refrein en daar zien wij een paar ogen meer dan levensgroot in beeld, alleen maar heen en weer schietende ogen, hulpeloos. Onbereikbaar. – Maar wacht eens, heeft Adriënne eigenlijk wel blauwe ogen?

Zo, einde – flatssj.

De presentator staat nu midden in de telefooncel en blikt olijk in de camera.

'Ow, that was indeed a very special video and I'm so anxious to hear from you! Well, what is your opinion about this highly extravagnnzztik –'

Natuurlijk had het een verontwaardigd gesis van de beide dochtertjes Rafferty tot gevolg, maar zij had de televisie uitgezet. In haar hand lag de afstandsbediening en Adriënne keek ernaar alsof het ding in haar hand was vastgekleefd. Mevrouw Rafferty zat aan de eettafel en hield een dominosteen geklemd tussen wijs- en middelvinger. Ze strekte haar arm, bekeek het steentje en trok toen pas een vies gezicht. 'Kind, heb je dáár nu al je tijd en energie in gestoken?'

Toen Adriënne geen antwoord gaf, legde mevrouw Rafferty haar dominosteen op tafel neer en ging maar eens verzitten. Ja, ze wiebelde een beetje van bil naar bil en zei toen haastig: 'Er is wel veel werk aan besteed, dat zie ik heus wel, maar ik vind het allemaal zo, zo... armóédig!'

Eindelijk legde Adriënne de afstandsbediening weg. Ze glimlachte naar de twee meisjes die haar afwachtend aangaapten. Ze dacht, wat moet ik nog veel doen, ja, er moet nog heel veel worden gedaan.

Adriënne ging de trap op. Naar boven, naar boven. Eenmaal op haar kamertje kleedde ze zich uit en hing haar kleren over de kapstok. Hoe zou het zijn als iedereen in Hampstead naar zolder zou gaan, om naakt voor het kleine dakraam te staan en uit te kijken over de eenvormige daken van al die villa's?

19

Hoe verwerkt men, na thuiskomst, het kortstondig verblijf in het buitenland? Er zijn, grofweg, twee manieren mogelijk. Ofwel wandelt, of liever gezegd schrijdt men gelaten door het huis en over straat, verwonderd over het feit dat het lichaam al is thuisgekomen terwijl de geest nog volop in den vreemde bivakkeert of in ieder geval last heeft van oponthoud tijdens de terugreis (een gewaarwording die vergelijkbaar is met de lezer die, bij het dichtslaan van wat een meeslepend boek bleek te zijn, zich ineens leeg en verlaten voelt omdat zijn hele hebben en houden, rationeel zowel als emotioneel, als een plotseling nutteloos geworden bladwijzer in het boek schijnt te zijn achtergebleven), ofwel valt men ten prooi aan een merkwaardige agitatie die eruit bestaat dat alles wat te maken heeft met de thuishaven stelselmatig wordt beschimpt omdat het elders toch zo oneindig veel beter is. Jammer genoeg behoort Ingmar Booy tot laatstgenoemde categorie. Hij schreed niet door zijn kamertje en over straat, nee, in plaats daarvan bediende hij zich van een nogal verbeten tred die helemaal niet paste bij zijn lang en mager lichaam. Nukkig marcheerde hij door het door zomerse regenbuien doorweekte Amsterdam en mopperde in stilte op het opgebroken wegdek en de slechte hoofdstedelijke infrastructuur in het algemeen, op de onbeschoftheid van de winkeljuffrouw en van de brommer rijdende onverlaat van de stadspost en niet te vergeten op het handjevol bekenden dat hij tegenkwam op straat. Hoe of het geweest was, vroegen kennissen meestal – en Ingmar Booy ontdekte dat het in het geheel geen voldoening gaf om te vertellen over zijn deelname aan de videoclip. Hij had besloten zijn verliefdheid voor de fotograferende au pair voor iedereen te verzwijgen want intussen was hem die verfoeilijke term 'vakantieliefde' door het hoofd geschoten.

Een vakantieliefde. Het woord wakkerde de weerzin jegens alles wat met thuis te maken had alleen nog maar aan. Het nukkig marcheren veranderde in een geërgerd op-de-plaats-rust, Ingmar Booy bleef de halve dag op bed liggen en voor de rest deed hij weinig anders dan oude tijdschriften lezen en televisie kijken – want ook de te grote regenjas was inmiddels thuisgekomen. Maar ach, het had geregend toen hij zich willoos van Hoek van Holland naar Amsterdam had laten rijden door de fleurige touringcar, en het blééf maar regenen, wel vier dagen lang. Hij vond dat hij het gewoonweg niet verdiende om met dit weer naar buiten te moeten en liet de eerste twee collegedagen schieten. Een studiegenoot belde hem op maar Ingmar Booy, die niet alleen Amsterdam maar ook haar inwoners wenste te beschimpen, stond hem ronduit onbeschoft te woord.

's Avonds laat, nadat ook de satellietzenders uit de lucht waren, deed hij ogenknipperend zijn tv-toestel uit en schreef verder aan zijn lange, lege brief aan Adriënne.

En het stille beschimpen hield maar niet op. In het lichte kamertje in het studentenhuis met het bed, het bureau en het televisietoestel lag hij nu al dagenlang te recreëren (zo was hij zijn op-de-plaats-rust gaan noemen) en als hij niet recreëerde liep hij in heel kleine kringetjes rond zijn grijsgelakte bureaustoel en speelde voor een tweede maal in de videoclip, waarbij hij echter dit keer alle rollen voor zijn rekening nam. Het was een drukte van jewelste in zijn kamertje want Ingmar Booy was alle vijftien duikers in de donkerblauwe pakken, hij was de struisvogelmevrouw en de in gouden zwembroekjes gestoken jongens en meisjes en in een hoek van zijn kamer stond Adriënne die huppelde en lachte en met haar handen langs haar borsten en bovenbenen streek want verdomd, háár was hij ook, al was het maar voor eventjes.

Zoals die twee ook nu weer op elkaar bleken te lijken! Had Adriënne haar deelname aan de clip voorbereid middels hulpeloos-onbereikbare oogopslagen, zittend en liggend op het bed in haar zolderkamer, Ingmar Booy deed achteraf zo'n beetje hetzelfde, daar in die studentenflat, maar dan zonder mooie, zwarte camerakapstok. Maar genoeg nu over die twee misschien wel identieke kamertjes. Nu gaat het immers over ijdelheid.

Ondanks de verveling, de zorgen om Adriënne en haar angstdromen en de onenigheid met Siewald, had hij tijdens de feitelijke opnamen van het filmpje wel degelijk in een roes verkeerd, zo moest Ingmar Booy achteraf toegeven. Want nu pas werd hij onzeker over het uiteindelijk resultaat van zijn acteerprestaties. Deed ik eigenlijk voor Adrienne onder en ben ik veel in beeld en verdomme, hebben ze me wel een beetje, een beetje flatteus gefilmd? – Ingmar Booy is ijdel. 'Vertel eens, ben ik zo fotogeniek?' was immers het allereerste wat hij, weliswaar schertsenderwijs, daar in Hyde Park tegen Adriënne had gezegd, en zoiets zegt iemand, hoe schertsend ook, natuurlijk niet voor niets. Ingmar Booy is ijdel en dat is helemaal niet erg, ware het niet dat deze eigenschap zich de laatste dagen tegen hem keerde, want werkelijk, hij was nog steeds volstrekt ongenietbaar en vol van weerzin jegens alles wat vertrouwd te noemen viel.

Maar niet alleen uit ongenoegen en ijdelheid liep hij telkens maar rondjes om zijn grijsgelakte bureaustoel. Voor een tweede maal onderging hij de talloze opnamen voor de clip, en van lieverlee breidde zich dat uit met alles wat daarvóór had plaatsgehad. De gil in het spookhuis, het tomeloze luieren in de weldadige hangmat: álles moest worden gereconstrueerd, en wel om voldoende greep te krijgen op wat hem als in een roes was toebedeeld geweest. En tja, dat vastgrijpen van hem lukte niet zo erg want het heden werkte nogal tegen. Siewald bijvoorbeeld legde nu samen met de tekenaars van de Reich/Freud-cartoon ongetwijfeld de laatste hand aan de ambitieuze onderneming, en Adrienne, Adriënne wandelde vast en zeker met haar pocketcamera door Londen en hoefde alleen maar de ondergrondse te pakken om opnieuw naar de kermis, naar het spookhuis te gaan, of om bijvoorbeeld cola te gaan drinken bij McDonald's of het rozerode kinderbadje te aanschouwen in de Tate Gallery. Ingmar Booy legde zijn beide handen op de rugleuning van zijn bureaustoeltje en kneep zijn ogen samen. Afgelopen, uit. Hij deed niet meer mee. Ja, brieven kon hij haar gaan schrijven – maar wat was er te vertellen? Het regende in Amsterdam en de colleges waren begonnen en de kalme, aanhoudende nodeloosheid die zijn liefde voor Adriënne had aangescherpt en die hem bijna gewichtloos had gemaakt van geluk – die nodeloosheid leek wel te zijn stukgewaaid op de veerboot op weg naar Nederland, want wat er van over was gebleven was het klamme besef dat zijn zogenaamd van nuttigheid verloste verliefdheid alleen nog maar bestond uit de onmogelijkheid om een nuttige en mededeelzame brief op papier te krijgen.

Het was Adriënne zelf die hem, zonder het te weten, opvrolijkte. Het bleek dat ze hem drie dagen na zijn vertrek reeds een brief had gestuurd en deze arriveerde op de dag dat hij had besloten nu toch maar naar college te gaan. Ingmar Booys lach, zijn hoge en aanstekelijk lang aanhoudende lach, galmde door de verlaten en groezelige gang van het studentenhuis; wat had hij een plezier toen hij Adriënne's brief las waarin ze vertelde over mevrouw Rafferty, over de hervatting van de kaartspelletjes en ook over de eye-liner en de lippenstift die ze had aangeschaft. Ja hoor, zij zat in hetzelfde leeggeschommelde schuitje want ook zij had volstrekt niets te melden! Lachend en opgelucht stopte hij haar brief in zijn jaszak, ontdeed zich van zijn nukkige soldatenloop en wandelde naar de tramhalte. Kort daarna zat hij stralend in de collegebanken en schreef zijn eigen lange, lege brief – en dat ging nu zonder veel moeite. Weer enkele dagen later – het was ongelooflijk, het regende nog steeds en er waren weer wat meer straten opgebroken maar Ingmar Booy had helemaal geen zin meer om dit alles te beschimpen – ontving hij Adriënne's tweede loze liefdesbrief en de uitwisseling van wat hiervoor een roulerend relikwie is genoemd nam haar aanvang.

20

Verteld is reeds dat Adriënne had moeten lachen om de van 'moorddadige pathetiek' doortrokken liefdesbrieven die zij elkaar stuurden – en inmiddels kan de opgeluchte schaterlach van Ingmar Booy daaraan worden toegevoegd. En nog steeds was het niet de op goedkope ongerijmdheden gebaseerde lach waarvan zij zich beiden bedienden, iets wat bewonderenswaardig te noemen valt. Ja, zo had dit alles misschien moeten eindigen: met de verrukkelijk voorspelbare en pathetische briefwisseling van de jongen (ooit in het bezit van een zondagskrant geweest) en het meisje (dat nog steeds haar pocketcamera met zich meedroeg). Maar zoals bekend voltooide Siewald zijn filmpje en waarschuwde hij het arme tweetal. Adriënne zond hij een briefkaartje en tevens belde hij zijn ouders in Amersfoort op, met de opdracht het kleine broertje op de hoogte te brengen van de eerste uitzending. Wel, die uitzending vond plaats zo'n twee maanden na het vertrek van Ingmar Booy uit Engeland – maar ook daarover zijn we reeds ingelicht.

Het was al herfst, hun inhoudsloze brieven waren inmiddels tot een respectabel aantal gegroeid en de regenbuien in Amsterdam waren almaar hardnekkiger geworden – maar wie is er nu eigenlijk in regen geïnteresseerd? Ingmar Booy in geen geval, hij doorliep zijn colleges, verstuurde en ontving het relikwie, en beschimpen deed hij allang niet meer want dat had definitief het veld moeten ruimen voor de melancholische houding die hij zich eigen had gemaakt. Gelukkig gaat het hier om een vrolijke, om niet te zeggen welluidende melancholie; steeds heviger miste hij het meisje met de pocketcamera, maar aan larmoyante bespiegelingen deed Ingmar Booy niet, integendeel, zijn gemis stemde hem tevreden. Zijn melancholie was in feite niets anders dan een vertederende berusting die hem haast nooit verliet. En dat kon je aan hem zien; hij werd mooier. Zijn handen bewogen minder heftig dan voorheen als hij aan het woord was en zijn ogen schoten ook niet meer zo snel heen en weer. Op zijn kamer in de studentenflat was hij haast nooit meer te vinden, deels omdat hiervóór is besloten dat daarover nu genoeg is verteld, maar vooral vanwege de vele uitnodigingen, afkomstig van vrienden en studiegenoten, voor etentjes, feestjes, of gewoon voor een bezoek. Zijn besluit om niets over Adriënne los te laten had hij laten varen. Zijn vrienden genoten van zijn belevenissen, niet vanwege de smeuïge geschiedenis met de videoclip, maar omdat Ingmar Booy het allemaal zo onderhoudend en soms ook geestig wist te brengen – en dat terwijl hij belangrijke zaken als bijvoorbeeld de kortstondige gewichtloosheid en ook het spijkerhard matras natuurlijk voor zich hield.

Al die vriendelijke aandacht en uitnodigingen maakten hem beduusd, tot hij met schrik bedacht dat een gastvrij gebaar van zijn kant niet kon uitblijven. Zo kwam het dat Ingmar Booy op de avond van de 'première' van de clip, tijdens welke hij uiteraard voor zijn televisietoestel zat, in gezelschap was van een tiental vrienden die net als hijzelf zowaar een beetje zenuwachtig waren. Muisstil was het toen de joviale presentator zijn aankondiging deed, en het is bijna niet te geloven maar ergens in het lichaam van Ingmar Booy sloop een piepkleine en geniepige goochelaar rond die zich van allerlei trucs bediende om ervoor te zorgen dat zijn hart daadwerkelijk in zijn keel klopte. Toen rolde Adriënne's afschuwelijk zwellende buik ook het studentenkamertje binnen, en die goochelaar, dat vervelende ventje, bemerkte het afgrijzen van zijn gastheer; met behulp van een klein maar ijzersterk touwtje legde hij ijlings een knoop achter in zijn keel. Ingmar Booy werd letterlijk de adem benomen. De tranen schoten in zijn ooghoeken (daar was geen goochelaar voor nodig) en hij hapte beschaamd naar lucht. Zijn vrienden, aan wie hij de opnamen gedetailleerd en met geestdrift had beschreven, zwegen en geen van hen durfde iemand anders aan te kijken. De enige die plezier had was het nijvere goochelaartje die nu begon aan zijn moeilijkste kunstje. De knoop achter in de keel van Ingmar Booy was er zo eentje die, na hard trekken aan beide uiteinden van het touwtje, plotseling verdwijnt. Onnodig te zeggen dat het vunzige trucje lukte – en terwijl Ingmar Booy er zelf van schrok, weerklonk er onverwacht een snerpende lach die haast letterlijk het kamertje in werd gestoten. Zijn keel was opengeklapt en haastig slikte hij die snerpende uithaal weg. Toen hield het misselijke goochelaartje het blijkbaar voor gezien want Ingmar Booy herstelde zich, hij stond op, deed het televisietoestel uit en zei hoofdschuddend: 'Goh, dit is waanzin.' Zijn vrienden glimlachten maar een beetje en ook Ingmar Booy zweeg verder want hoe moest hij hun uitleggen dat hij, net als Adriënne, vooral Adriënne, was opgelicht door die veel grotere goochelaar, door Siewald, die, middels ingenieuze montage en mixage van getekende en gefilmde beelden, van zijn psychosprookje inderdaad een blauwe beerput vol van waanzin had gemaakt?

21

Waanzin. Ingmar Booy liet het er niet bij zitten – natuurlijk niet. Om te beginnen leende hij een stuk of wat van Wilhelm Reichs boeken bij de universiteitsbibliotheek, schafte de biografie over Reich door Harry Mulisch aan en ontdekte vervolgens dat zijn verzuchting, geslaakt direct na het zien van de ronduit monsterlijk geworden clip, zo ongepast nog niet bleek te zijn geweest. De orgone-accumulator, biogenese, vegetotherapie – Ingmar Booy doorvorste al deze – bijna exotische – schatkamers van Reich en kwam er al spoedig achter dat diens wonderbaarlijke ontdekkingen en overtuigingen, in plaats van de wereld voorgoed te veranderen, hadden geleid tot een flinke portie gekte bij de wetenschapper zelf – enfin, de ondertitel van Mulisch' biografie spreekt boekdelen. Echter, uit een aantal van Reichs brieven, vooral uit die aan een van zijn weinige goede vrienden, A. S. Neill, een gemoedelijke kinderpsycholoog uit Engeland met baanbrekende ideeën, bleek in ieder geval dat Wilhelm Reich een op zijn minst rechtschapen man was geweest – iets wat van de grote goochelaar Siewald nu niet direct viel te zeggen. Deze eerlijkheid van Reich moest, zo vond Ingmar Booy, maar eens met zoveel mogelijk kracht in het filmsmoelwerk van Siewald worden gesmeten – en er werd een woedende, welluidende brief geschreven. Natuurlijk was, sinds het uitzenden van de clip, al heel wat postpapier van en naar Siewald de Noordzee overgependeld, maar zijn kortstondige maar nauwkeurige studie naar leven en werk van Wilhelm Reich wakkerde Ingmar Booys woede alleen maar aan. Maar ach, Siewald reageerde op het schrijven met een kort en sussend antwoord dat Ingmar Booy al zo'n beetje van buiten meende te kennen. De getekende toevoeging van een zwangerschap, die getekende en reusachtige buik maakte de film 'spannend', het drama werd erdoor aangescherpt en tenslotte '...Ingmar jongen, we hebben het allejezus toch niet over wérkelijkheid?!' Werkelijkheid, dat was iets voor middenstanders en topsporters, ging Siewald verder – en het kwam Ingmar Booy voor dat zijn broer niet alleen trots was op die slogan maar tevens op het gehele briefje.

   Maar tot zover Siewald en tot zover ook Wilhelm Reich, want de carrière van een veelbelovend maker van videoclips en de nog steeds omstreden theorieën van een gedeeltelijk verknipt geworden psychoanalyticus zijn natuurlijk slechts bijzaak als het gaat om het verloop van de liefde tussen een tweedejaarsstudent en een au pair met heimwee. Nu dan: Ingmar Booy en Adriënne. Hun roulerend relikwie raakte na de uitzending op drift want over en weer schoten nu de ellenlange brieven, niet meer doortrokken van een wederzijds gemis maar in plaats daarvan geheel gevuld met angstige vragen om opheldering (Adriënne), vruchteloze reconstructies (Ingmar Booy), woedeaanvallen (Adriënne) en hardnekkige ontkenningen (Ingmar Booy). Kort en goed: Adriënne verdacht hem er uiteraard van haar tezamen met Siewald te hebben vernederd, zij was ervan overtuigd dat hij, na uit de school te hebben geklapt over haar angstdromen, af wist van Siewalds plan tot toepassing van trucage – en nadat hij dit laatste talloze malen had ontkend, bleef daar natuurlijk Adriënne's verwijt dat hij wel degelijk zijn broer op de hoogte had gebracht van de uitputtende nachtmerries. Wat had hij eigenlijk nog meer doorgebriefd? Wist heel Londen, heel Amsterdam van bijvoorbeeld het spijkerharde matras? Adriënne had het volste recht om die arme, onschuldige Ingmar Booy zulke vragen voor de voeten te werpen, terwijl hij op zijn beurt geheel volgens de waarheid uitlegde hoe en waarom hij Siewald had ingelicht. 'Met de ander moest ook onderhandeld worden.' Welnu, dít was pas werkelijk onderhandelen! Er werd gevraagd en dóórgevraagd, er werden brieven onder ede geschreven en beloftes afgelegd, en af en toe staakte het gesprek voor een tijdje waarna de onderhandelingen werden 'opgevoerd', zoals dat dan heet.

Als zij elkaar nu eens hadden kunnen zien! Uiteindelijk werd het misverstand dan wel op schrift uit de weg geruimd en ook het wantrouwen werd zorgvuldig door hen beiden weggeschreven, maar tot die verrukkelijke loze liefdesbrieven van kort na het afscheid kwam het niet meer. Wat niet wil zeggen dat het gemis was verdwenen; onafhankelijk van elkaar wisten zij dat een ontmoeting wellicht veel, zo niet alles zou kunnen herstellen – en zoiets wensten ze alle twee maar al te graag. Tegelijkertijd wisten zij even goed dat de één vooralsnog de tijd als au pair had vol te maken terwijl de ander het zich financieel niet nóg eens kon permitteren om de overtocht naar Engeland te maken. Ze bleven zitten waar ze zaten en konden niets anders doen dan stukje bij beetje het tijdelijk op drift geraakte relikwie in ere te herstellen.

Zo moeizaam als dat ging. Bang als ze waren om ook maar iets op te schrijven wat betrekking had op de haast nostalgisch geworden nodeloze liefde (omdat beiden, bang als ze waren, dachten dat zoiets onbetamelijk zou zijn en gemakkelijk zou leiden tot, in plaats van het herstellen, het imiteren en het persifleren van hun zondagskranten, pocketcamera's, hangmatten, spookhuizen en zo veel meer relikwieën doordrenkte verliefdheid), verviel de briefwisseling allesbehalve onmerkbaar tot een gelaten en soms zelfs plichtmatige uitwisseling van onschuldige mededelingen en voorvallen die, ontdaan van hun pathetische franje, een dwaas en onooglijk geheel vormde. Hoewel zij het allebei verafschuwden, schikten ze zich in elkaars schriftelijke berusting.

Ja ja, kalm maar: de telefoon. Inderdaad, er is natuurlijk nog altijd de telefoon. Welnu: toen hij eens een weekeinde verbleef bij zijn ouders in Amersfoort, overviel hem vrij onverwacht een hevige en angstig makende ongedurigheid die hem tot dan toe onbekend was. Zondagochtend vroeg – zijn ouders maakten hun wekelijkse boswandeling – belde Ingmar Booy in het geniep naar Engeland. Het aanhoudende gebons van zijn slapen drukte zijn ogen bijkans geheel dicht – maar hij sperde ze weer open toen hij mevrouw Rafferty aan de lijn kreeg. Ingmar Booy vervloekte zichzelf in stilte want hij stond daar maar – met wijd open ogen en opgetrokken wenkbrauwen – te hakkelen. Maar mevrouw Rafferty slaakte al heel snel een verwonderd en plotseling eindigend 'ááh!', waaruit hij ogenblikkelijk opmaakte dat ze af wist van de rampzalige gebeurtenissen. Er klonk wat gerommel en gekraak en in de verte hoorde hij kindergegiechel – en toen was daar Adriënne en ze klonk ongewoon helder, onnatuurlijk helder klonk haar stem (dacht hij), ze zei: 'Dag Ingmar', ze noemde zijn naam en zei dag. 'Dag Ingmar Booy.'

'Heb je mijn brieven ontvangen?' vroeg hij stompzinnig en kreeg onmiddellijk een alweer zo vreselijk helder klinkend antwoord. Ja, dat had ze.

Waarom eigenlijk had hij haar zo plotseling opgebeld?

Ongedurigheid, ja ja. Zeg, toch niet om haar stém te horen of zoiets...? Juist om haar stem te horen dus. Ingmar Booy wilde zo graag haar stem horen, hij stond voor het huiskamerraam en wreef de telefoonhoorn hardhandig over zijn oor en, eventjes, over zijn voorhoofd en – welja, waarom niet: waarom laten we het niet opnieuw regenen? – ...en het regende in Amersfoort en zijn ouders zouden nu vast en zeker ergens schuilen en Ingmar Booy vertelde haar dit, waarna Adriënne moest zuchten en toen vroeg ze hem of hij misschien alleen maar belde om haar stem te horen – zij heeft het volste recht zoiets te vragen, Your Honour, zoals zij ook in haar recht had gestaan als ze had gezwegen, ''cause anything you say can be used against you', maar hoe kan het dan dat het juist Ingmar Booy was die nu al een tijdje zweeg, waarom gaf hij haar geen antwoord? Omdat hij daar gewoon geen zin in had. Laat hem toch! Als die jongen nu even zijn mond wil houden...

'Ingmar?'

Ingmar Booy liep langs de gerieflijke, suikerwitte woningen in Hampstead. Ach, ze waren zojuist naar de kermis, naar het spookhuis geweest, die twee. Hij liep in een uitgestorven straat in Hampstead met een meisje van wie hij wist dat hij haar gezelschap had gehouden maar herinnerde zich níéts van wat hij had gezegd, gedaan.

'Ingmar, ben je daar nog?'

Zag hij zichzelf wel?

'Ja, ik ben er nog.'

Nee, ik ben er niet.

'Wat is er nou?' vroeg Adriënne – en ergens in Amersfoort, in een huiskamer met een leren bankstel en met plantjes voor de ramen, hield iemand zijn mond. Niet gaan beven nu. Meisjesmonnik. Dahag, meisjesmonnik.

'Weet je dat ik een serie foto's heb gemaakt?' begon Adriënne, 'moet je eens raden waar en van wie' – maar het gesprek werd zo duur, zei hij haastig en tja, dat moest Adrienne natuurlijk beamen, zodat ze elkaar beloofden te schrijven en ik mis je, meisje; dat weet ik toch, dat weet ik toch. Dag jochie – en 'ik wou zo graag zijn jou', maar toen hadden ze al opgehangen, waarop Adriënne (die bijvoorbeeld ook een Duitse had kunnen zijn, die misschien beter een Duitse had kunnen zijn) onmiddellijk het pakje shag uit haar borstzakje griste en de zo neutraal mogelijke blik van mevrouw Rafferty zorgvuldig ontweek terwijl de beide dochtertjes aan haar linkerarm begonnen te trekken en almaar vroegen of het spannend was geweest, dat gesprek en of ze nou dus verdriet had of zo – want die twee kleintjes waren geheel en al op de hoogte sinds zij op haar beurt mevrouw Rafferty op de hoogte had gebracht Be nice to Adriënne, want ze heeft het niet gemakkelijk gehad, of iets van dien aard. – Adriënne knikte de meisjes maar wat toe, grijnzend deed ze dat, omdat ze wist dat mevrouw Rafferty haar zo 'dapper' vond.

Wat wilde ze nu graag naar huis. Mevrouw Rafferty stuurde haar dochtertjes kordaat de achtertuin in en verdween vervolgens zelf naar het studeervertrek. Blijkbaar werd Adriënne geacht het telefoongesprek alleen te verwerken – maar niet voor lang, want samen met haar echtgenoot (die aan zijn – ook al zo neutraal – gezicht te zien haastig moest zijn ingelicht) en met een glas melk keerde mevrouw Rafferty terug. Voor jou kindje, drink maar op. En opnieuw grijnsde Adriënne maar wat – want wat kon ze anders doen met zo'n discreet maar ontegenzeglijk afwachtend echtpaar tegenover haar? Sinds zij met nukkige, korte zinnetjes zo veel en zo weinig mogelijk had verteld over de gebeurtenissen rond die 'ordinaire' videoclip, had mevrouw Rafferty haar onafgebroken achtervolgd met een begrijpende zorgzaamheid. Zo werd het meeste werk haar uit handen genomen en werd het aantal domino- en kaartavondjes verdubbeld. Beleefd liet Adriënne zich de aandacht aanleunen, hoewel ze er soms geërgerd en verlegen tegelijk van werd – en zij niet alleen, want ook menéér Rafferty kon maar moeilijk wennen aan de plotselinge genegenheid van zijn vrouw voor hun au pair; hij meende een vaderlijk aandeel te moeten leveren maar bracht het – overigens tot Adriënne's opluchting – niet verder dan vluchtige, goedbedoelde glimlachjes, waarvan hij er zojuist weer eentje te voorschijn had getoverd, zag Adriënne, die plichtmatig aan haar glas nipte.

Een paar maanden geleden hadden ze gedrieën precies zo in de huiskamer gestaan, mevrouw Rafferty geschrokken en onrustig, meneer Rafferty met zweet op zijn bovenlip en met een voorgewende verontwaardiging, en ten slotte zijzelf, verbaasd over haar gestaag groeiende recalcitrantie. Toen ging het om haar voornemen deel te nemen aan de videoclip, en de Rafferty's hadden haar gewezen op de verantwoording die zij hadden voor de handel en wandel van hun au pair. Wel, inmiddels was hun het resultaat van de hele onderneming bekend, en terwijl Adriënne nog steeds beheerste slokjes van haar melk nam, zocht ze koortsachtig naar een voorwendsel om de huiskamer te verlaten. Plotseling luid snikkend naar haar zolderkamertje rennen? Mevrouw Rafferty zou haar achternakomen. Een luchtig gesprekje beginnen? Mevrouw Rafferty zou gaan praten over haar favoriete schrijvers om vervolgens het voorstel te doen een kaartje te leggen.

'Dat was Ingmar die me opbelde.'

Er klonk een overslaande giechel. Meneer Rafferty keek onthutst naar zijn vrouw die met een klapje haar hand op haar mond legde, dezelfde hand die ze meteen daarna uitstak naar Adriënne toen ze zei: 'Dat weten we toch meisje. Ik nam de telefoon op, herinner je je wel?'

Zo langzaam mogelijk zette ze het glas op het dressoir. Oppassen. Beheers je. Allebei de Rafferty's schoten toe om het glas op te pakken – niet op het dressoir, denk toch om de kringen! – en Adriënne zag haar kans schoon. Ze glipte langs hen heen de gang in, pakte haar jas van het kinderkapstokje en gooide – vooruit dan maar – ...en gooide luid snikkend de voordeur achter zich dicht.

22

Voor zover zij wist zou er geen belangrijke voetbalwedstrijd worden gespeeld, maar desondanks was het ook op de herfstige zondag van het telefoongesprek ongewoon rustig in Londen. Adriënne zat onopgemaakt en zonder pocketcamera in een goeddeels lege wagon van de ondergrondse en zij schaamde zich voor de gefingeerde huilbui waarvan ze zich zo-even had bediend en tijdens welke ze de suikerwitte villa in Hampstead was ontvlucht.
    Vreugde, dankbaarheid, verrukking en ook boosheid en verontwaardiging zijn gemoedsaandoeningen die vrij gemakkelijk kunnen worden voorgewend, maar verdriet vereist meestal wat meer inzet van de simulator, zo leert ons de ervaring. Maar: het opwekken van haar namaaktranen had Adriënne geen enkele moeite gekost! Ze had in het kleine, lichte gangetje gestaan, had haar jas van het kinderkapstokje gegrist, en pas toen ze naar de voordeur was gerend, was haar de mogelijkheid van een theatrale wanhoopssnik ingevallen. En híérvoor schaamde zij zich nu, want nog vóór ze daadwerkelijk had besloten een huilbui te simuleren, had daar al zo'n klaaglijke uithaal geklonken, gevolgd door een kort gesnotter, waarna echter nog een uithaal was gevolgd en nóg eentje – en toen had zij de deur dichtgeslagen. Het had geleken alsof haar 'plagiërend ik' kortstondig het roer had overgenomen van haar 'denkend ik', zo abrupt en vol onverwachte overgave had haar gesnik geklonken. Eigenlijk was Adriënne er gewoon van geschrokken, en juist de ontdekking dat ze zo lichtvaardig plagiaat kon plegen op haar gevoelens deed haar de ogen

sluiten van – niet gefingeerde – gêne. Zo gemakkelijk was het dus om die in feite zo brave, goedwillende Rafferty's om de tuin te leiden; zo gemakkelijk was het dus om haar verdriet om Ingmar Booy, om alles wat zich na zijn vertrek had voltrokken, te plagiëren en, daarmee, te vulgariseren.

Hierover was het dat Adriënne koortsachtig nadacht, de metro raasde van station naar station terwijl die opgeschrokken gedachten van haar almaar trager leken te gaan, klaar om te worden versnipperd. Maar even later zat, ondanks de ophanden zijnde versnippering, de term 'plagiaat' als een zorgvuldig samengeperste springveer in haar hoofd, misschien wel recht achter haar dunne, glooiende en haast onmerkbaar gefronste wenkbrauwen. Arme Adriënne. Door al die zelfverwijten over plagiaat en oplichterij kwam ze niet op het idee dat ze haar voorgewend verdriet moeiteloos had weten op te wekken juist als gevolg van het feit dat ook haar echte verdriet blijkbaar gemakkelijk voor het grijpen had gelegen. Immers, wie weet er nu niet dat de gefingeerde emotie pas succesvol dreigt te worden als de eraan ten grondslag liggende oorspronkelijke emotie ook echt vlak erachter op de loer komt te liggen? Wie heeft er niet die ervaring gehad dat in een baldadige bui, tijdens welke het namaakverdriet zo goed mogelijk moest worden opgevoerd, de krokodillentranen onthutsend onmerkbaar veranderen in een oprecht en meestal hopeloos langdurig gejank? 'Denk aan die moeder van je, dat smerig loeder, die vunzige feeks, denk eraan hoe ze je helemaal alleen liet terwijl je dóóds- en dóódsbang was midden op dat lege plein!' brult de wereldberoemde speelfilmregisseur op de set – en de jonge, beeldschone actrice heeft nog nooit zo levensecht en volmaakt ontreddered gejammerd als in de scène waar zij dient te treuren om haar noodlottig overleden echtgenoot. Bijvoorbeeld.

Enfin, zo gaat het dus allemaal, maar Adriënne, vol schaamte en schuldgevoel, vergat eraan te denken. Zij had enkel die springveer waarvoor ze aandacht had; het ding spatte gelukkig niet open in haar hoofd, maar een schuldbewuste concentratie had het wél tot gevolg. Zó afwezig en geconcentreerd was ze dat ze zonder het zich te realiseren uitstapte toen ook die paar andere mensen de coupé verlieten. Adriënne, die eigenlijk nergens naar op weg was, stond op een van de perrons van halte Warren Street, en zoals op alle perrons kwam de dikke, lauwe en melkachtige geur haar niet tegemoet maar zat deze onmiddellijk om haar heen, als een deken. Afwezig bekeek ze de lange rij advertenties aan de overzijde van het perron; afwezig bekeek ze de wegschietende metro, en toen, plotseling, alsof er een heel andere, een onvermoede springveer uiteenschoot, overviel haar een verkwikkende en woordeloze ontroering – en Adriënne lachte zachtjes. Nog geen drie kwartier geleden had ze in de overtuiging verkeerd dat haar zondag gevuld zou worden met een slopend spelletje Risk en misschien ook wat huishoudelijke karweitjes, maar Ingmar Booy had haar opgebeld, jawel, en als gevolg daarvan stond ze nu op een van die talloze Londense perrons, waar het zo raadselachtig warm was en waar het niet eens zo onaangenaam rook. Halte Warren Street: recht boven haar moest Tottenham Court Road zijn, en er hoefde geen wereldberoemd speelfilmregisseur voorhanden te zijn die haar de opdracht gaf terug te denken aan de zomerse zondag van haar ontmoeting met Ingmar Booy – want dat kon ze wel alleen af. Nog steeds zachtjes lachend legde ze haar koele handen stevig in haar nek en daardoor kwam het dat ze met prettig aanvoelende holle rug en met haar buik naar voren, haar buik zo ver mogelijk naar voren, door de gangen van het metrostation liep. Er was haar een besluit ingefluisterd, zo verbeeldde Adriënne zich, en nu was ze op weg naar weer een heel ander perron – waar met het vertrouwde geraas toevallig net een metrotrein aan kwam rollen. Adrienne begon te rennen en ze struikelde. Ze struikelde en ze schaafde haar knieën en haar dijbeen, maar dat was niet erg want eigenlijk, eigenlijk was er vandaag toch helemaal niets meer te verzinnen wat 'erg' te noemen was? Kort daarna zat ze alweer in een halflege coupé – waar was iedereen toch? – maar nu op weg naar halte Green Park.

Ze wandelde over het Piccadilly, waar het wel wat drukker bleek te zijn, evenals in het herfstige Green Park, waar haast iedere wandelaar er uitgerust en op zijn zondags uitzag. En hoewel ze wel degelijk wist waar ze heen moest, nam Adriënne een kleine omweg, misschien wel om de traditie van de doelloze, zomerse wandelingen in ere te houden. Vlak bij het Queen Victoria Memorial speelden wel twintig kinderen verstoppertje, en toen pas, terwijl wij het al veel langer weten, bedacht Adriënne zich dat ze voor het eerst sinds lang niet alleen zonder Ingmar Booy maar ook zonder pocketcamera door Londen slenterde. Veel mensen bleven staan om naar de kinderen te kijken, want zij maakten van hun spel een regelrechte show, vol met hilarische misverstanden en halfgemeende ruzies. Adriënne gunde zich echter niet al te veel gedraal want tenslotte had zij iets te doen, al was de inmiddels enigszins nostalgische doelloosheid verleidelijk. Ze liep richting Wellington Arch en ook daar ging ze aan voorbij want ineens wilde ze zo graag een aardbeienmilkshake kopen bij het McDonald's-filiaal dat zo gunstig was gelegen omdat immers nog geen vijfhonderd meter verderop het drukbezochte Hyde Park begon. Natuurlijk, Hyde Park; naar 'speakers' corner' wilde Adriënne! Vergenoegd dronk ze van haar milkshake en ze luisterde aandachtig naar de Iraniër die zoals iedere zondag op zijn wankel aardappelkistje stond, maar dit keer, in plaats van de ayatollah te prijzen, hield hij een geestig betoog over zijn bezwaren tegen het Britse belastingsysteem. De geagiteerde Iraniër had de lachers op zijn hand, zoals ook de dikbuikige man met achterovergekamd haar en een knalrode fopneus dat had. Deze man stond even verderop en had het over vrouwen, over 'all the girls who adore me as if I'm Roger Moore or Sylvester Stallone'. Nog veel meer mensen hadden die zondag het spreekgestoelte beklommen. Als kinderen die lolly's kregen uitgedeeld stonden er overal groepjes mensen opeengepropt te luisteren, te lachen en vaak ook te schreeuwen. Adriënne wandelde verder, tot het wat rustiger werd. In de buurt van een grote, kale kastanjeboom waren wat kleine meisjes in dunne zomerjasjes bezig aan een landerig balspel. Toen de meisjes merkten dat Adriënne in hun richting kwam, staken ze naarstig de koppen bij elkaar, smoesden wat en renden toen beledigd giechelend weg, zoals alleen landerige meisjes van die leeftijd dat kunnen. Adriënne, op haar beurt verontwaardigd, keek hen hoofdschuddend na. Alsof ze zich had willen bemoeien met die wichten! Nee, in feite kwam het haar goed uit dat de meisjes zich uit de voeten hadden gemaakt. Adriënne posteerde zich onder de grote, kale kastanjeboom en keek rond. Snel bracht ze haar handen naar haar kort en springerig haar, deed alsof ze het schikte, en met iedere beweging die haar handen maakten nam haar verlegenheid toe. Telkens keek ze spiedend en speurend in het rond, zo onopvallend mogelijk, en als iemand haar had gezien zou die zeker hebben beaamd dat Adriënne een grappige aanblik bood, daar onder die kastanjeboom, want alleen plotseling verlegen wordende mensen zijn in staat om zó opvallend in het rond te spieden en te speuren. En even later was er ook iemand die haar in het oog kreeg: een lange, bezwete Noord-Afrikaan in een eigeel joggingpak had onmiddellijk door wat dit meisje van plan was. Hij hield zijn pas in, staarde haar grijnslachend aan en stak toen een duim op. Hij wachtte. Bij hem voegde zich een al wat ouder en deftig ogend echtpaar, waarvan de vrouw Adriënne bemoedigend toeknikte – jawel, toegeknikt werd ze, onze Adriënne, die juist bezig was moed te verzamelen maar die van verlegenheid niet meer in het rond durfde te spieden; die met een verstarde glimlach naar de drie afwachtende gezichten keek. Toen, alsof iemand haar optilde en weer neerzette, ging er een korte, onzichtbare siddering door haar bovenlichaam, en terwijl er nog weer drie mensen aan kwamen wandelen, zwaaide Adriënne even haar armen tot boven haar hoofd en deed een pas naar voren. In de verte klonk geschetter en geschreeuw, de Iraniër vergeleek zijn inkomen met dat van zijn baas en mopperde op onnavolgbare wijze op het verschil ertussen, maar Adrienne hoorde het niet want ze deed opnieuw een pas naar voren, en nog één – en het is verbazingwekkend hoe snel zoiets gaat, maar inmiddels stonden er al vijftien mensen om haar heen, van wie er, gelukkig, niet één in bezit was van een fototoestel. En terwijl ze Ingmar Booy in stilte bedankte voor zijn telefoontje van die ochtend, schraapte Adriënne haar keel, rechtte ze haar rug en begon toen luidkeels te vertellen. In het Nederlands deed ze dat, die schat.